KB076241

다록 주해

茶錄註解
다록주해

附：茶神傳

張源 著
柳建楫 申美璟 註解

이른아침

머리말

우리나라 사람들 대부분이 차 공부를 시작하며 처음 대하는 것이 『다신전(茶神傳)』이다. 그리고 얼마 전까지도 이 기록이 초의선사의 저술인 줄 알려졌다가, 명나라 장원(張源)이 쓴 『다록(茶錄)』이 『만보전서(萬寶全書)』에 〈채다론(採茶論)〉이라고 등재되어 있고, 이를 초의가 옮겨 적고 그 이름을 『다신전』이라 붙인 것임이 밝혀졌다. 이 저술은 19세기 초 우리나라 차문화에 끼친 영향이 크고, 특히 산차(散茶) 문화에 대한 지침서 역할을 했다.

차를 따고 만들어서 갈무리하는 일, 물을 끓여서 우리는 차례, 차를 마실 때의 주의해야 할 것들을 소상하게 적었다. 아울러 색향미가 제대로 표출되도록 하기 위해서 알아야 할 것, 물, 다구들에 관해서 설명했다. 어쩌면 차를 처음 접하는 이들에게 알맞은 안내서라 할 수 있고, 산차를 만드는 사람들에게도 대단히 유익한 내용들이다.

특히 17세기 전반기의 잦은 전란 이후 위축되었던 우리 차의 생산은 그 제조기술이 후퇴하고 생산량도 적었으며, 사원을 제외하면 일부 지역에서만 필요에 의해서 적은 양이 만들어지고 있었다. 이때 다산이 강진으로 유배된 후 대흥사를 중심으로 한 승려들과 다농(茶農)들의 제다 방법이 변화되는 과정에 나온 기록이기 때문에 그 의의가 더욱 크다. 사실 이 때까지는 그 지역에서 생산된 대부분의 차가 덩이차 특히 돈차 형태이든지, 따서 간단히 말리는 '잭살'이 대부분이었으나, 『다신전』 이후에는 지금의 산차 형태가 많이 유행한 것을 보면 그 역할을 짐작할 만하다.

『다록(茶錄)』은 시간적으로도 거의 동시대이고, 지역적으로도 가까운 소주(蘇州) 지역에 살았던 차인 허차서(許次紓)가 쓴 『다소(茶疏)』와 함께 자주 비교되는 책으로 중국 차문화사에서도 중요한 저술이다. 차를 처음 만나는 분들을 위하여 비교적 자세한 주해와 친절한 안내를 하고자 노력했다.

을미년 가을에

신미경

차례

제1부 다록 해제

茶錄

『다록』의 시대적 배경

화려했던 송대의 연고차 문화도 몽고족에게 망하여 길이 계승되지 못하고, 주원장(朱元璋, 1328~1398)에 의해서 건국된 명에 와서는 그 내용이 크게 달라졌다. 홍무제(洪武帝)는 젊었을 때 고생을 한 사람이어서, 건국 후에 민생을 위한 여러 정책을 시행했는데, 그 중 하나가 송대의 어다원(御茶園)인 북원(北苑)에서 연고차의 제작을 금지하고, 산차(散茶)로 대체하도록 한 것이다. 그도 차를 즐긴 마니아로서 고저자순(顧渚紫筍)을 공납받았다고 한다. 혹 이로 보면 차문화의 후퇴인 듯싶지만, 이에 대해서는 후세 학자들 간에 상반된 주장들이 있다. 하지만 명을 일으킨 주 세력들이 남쪽지역의 인물들이기 때문에 그들도 차 생활엔 익숙하여 나름대로의 산차문화를 꽃피웠다.

어쩌면 송대 말년과 원대를 거치면서 이미 북원과 함께 무이(武夷)를 중심으로 항소(杭蘇)지역에 산차문화가 번창하기 시작한다.

이는 송대의 북원에서 생산되는 연고차가 황실을 중심으로 한 고관대작들의 전유물이 되어서 일반인들의 기다욕구(嗜茶慾求)를 채워주지 못했던 사정과 연관된다. 그래서 자연적으로 만들기 까다롭지 않고, 대중화할 수 있는 산차가 생산되기 시작했다고 본다.

명대 차에 관한 전적(典籍)으로는 문징명(文徵明)의 『용다록고(龍茶錄考)』, 양신(楊愼)의 『삼강미별(三江味別)』과 『다유구난(茶有九難)』, 전예형(田藝蘅)의 『자천소품(煮泉小品)』, 서헌공(徐獻公)의 『수품(水品)』, 육수성(陸樹聲)의 『다료기(茶寮記)』, 이시진(李時珍)의 『본초강목(本草綱目)』, 고렴(高濂)의 『준생팔전(遵生八箋)』, 손대수(孫大綬)의 『다경외집(茶經外集)』과 『다보외집(茶譜外集)』, 도륭(屠隆)의 『다설(茶說)』, 진계유(陳繼儒)의 『다화(茶話)』와 『다동보(茶董補)』, 풍몽정(馮夢禎)의 『장다법이(藏茶法二)』, 원굉도(袁宏道)의 『판교시다소(板橋施茶疏)』, 허차서(許次紓)의 『다소(茶疏)』, 나름(羅廩)의 『다해(茶解)』, 심덕부(沈德符)의 『공다(貢茶)』, 웅명우(熊明遇)의 『나개다기(羅岕茶記)』, 도본준(屠本畯)의 『명급(茗笈)』, 유정(喩政)의 『다서전집(茶書全集)』과 『다집(茶集)』, 주고기(周高起)의 『양선명호계(陽羨茗壺系)』, 육정찬(陸廷燦)의 『속다경(續茶經)』, 장원(張源)의 『다록(茶錄)』 등 수많은 다서들이 나왔다.

이 여러 다서 중에도 전예형의 『자천소품』, 허차서의 『다소』, 장원의 『다록』 등이 중요하다.

『다록』의 저자

장원(張源, 1368~1660)은 포산(包山, 지금의 江蘇省 震澤縣) 사람으로, 자는 백연(伯淵), 호는 초해산인(樵海山人)이다. 산곡(山谷)에 은거하여 특별히 하는 일 없이 제자백가어(諸子百家語)를 두루 널리 읽고, 여가에는 샘물을 길어서 차를 끓여 즐겼다. 계절에 관계치 않고 30여 년 간 차를 마시고, 만력 연간[명대 신종]에 『다록』 한 권을 남겼으니, 전체가 1,500여 자로 산차(散茶)에 관한 기본적인 내용들을 다 실었다. 개인의 연보나 다른 행적은 찾을 수 없다.

초의선사의 『다신전』 작성 경위와 19세기 초의 우리 사회

임병(壬丙) 양란(兩亂)과 병자·정유의 호란까지 네 차례나 전란을 치르는 동안 우리의 피해는 실로 심각했으니, 특히 농촌의 전답과 인적 피해가 우심(尤甚)하였다. 이런 어려움은 한 세기가 넘은 영조 때에 와서야 어느 정도 회복되었으니, 이는 균역법(均役法)에 힘입은 바 크다. 17~18세기에 농업이 어느 정도 제자리를 찾은 것은 토지 개간, 시비(施肥), 새로운 농기구의 발명과 특히 이앙농법(移秧農法) 개발의 힘이었다. 거기에 지주들과 소작농 사이의 팽팽한 평행적 관계가 유지되어 농업이 더욱 발전한 것이다. 만약 다농들도 이와 같은 지주와 소작 관계가 이루어졌더라면 종다(種茶), 양다(養茶), 제다(製茶) 등의 기술 분야와 요업(窯業) 분야가 크게 발전했을 것이다.

차 생산이 원래 상당부분 전문적인 것이라서 일반 농민과는 달랐기 때문에 세금 형태의 공다(貢茶)로 인해 어려움이 남달랐다.

이에 관해서 다산은『각다고(榷茶考)』에서 중국의 다세(茶稅)에 관해 설명하면서, '무릇 세금을 부과하는 자는 먼저 나라의 쓰임을 생각하지 말고, 오로지 하늘의 이치를 헤아려 백성들의 부담능력을 생각해야 한다. 모든 백성들이 감당하지 못하게 되면 곧 하늘이 이를 허락하지 않는 법이니, 털끝만치도 그보다 더 부과해서는 안 된다[凡制賦稅者 勿先計國用 惟量民力揆天理 凡民力之所不堪 天理之所不允 卽毫髮不敢加焉於是]'고 했다.

『통문관지(通文館誌)』에 의하면 사신들의 왕래에 차의 상당량이 공식적으로 오가고, 또 부족한 것은 수행하는 상인들에 의해 거래되어 다른 상품과 함께 들여오기도 했다. 또 중국에 들어간 우리 사행(使行)에게 일정량의 차를 조참이나 하정 때 내렸는데, 이 시기에 오면 중국의 차 인심도 각박해져 그 양이 줄었다. 임란 후 일본과 국교가 회복되면서 사신들이 오면 동래부에서 다례를 행했다. 이처럼 왕실이나 공식적 의례에서는 차의 수요가 줄지 않았지만 전란 전에 비해 민간의 차 생활과 사원의 차 생활은 많이 위축되었다.

오랜 동안 전란을 겪으면서 일반 다농들은 세금을 감당키 몹시 어렵게 되고, 생계가 힘들게 되어 계속 차 농사를 짓는 이가 얼마 남지 않게 된다. 그래서 사찰에서 생산되는 차는 자체 소비로 충당되고, 차 애호가들도 차를 얻기가 쉽지 않았다. 그들은 상당부분 중국에서 수입되는 차와 일부의 토산차로 차 생활을 영위하게 된다. 추사가 권돈인(權敦仁)에게 보낸 글 속에 '자신의 글씨를 좋아하는 남쪽 사람들에게 글씨를 써주면 차를 구할 수 있을 터이니 심려하지 말라'고 한 것을 보아도 짐작이 간다. 이는 차 생산자들이 차를 시중에 내놓고 팔 정도의 양이 되지 못하여 턱없이 모자라는 실정이었다.

또 18세기 말 이덕리(李德履)가 쓴 『기다(記茶)』에서도 평민들 사이에는 차가 거의 기호음료로는 생각되지 않았다고 했다. 그리고 조선 초기의 점필재나, 중국의 사행에 따라온 양호(楊鎬)의 건의 같은 차 진흥책이 한 번도 시행되지 못했듯이, 이덕리의 구체적인 차 생산에 관한 정책도 빛을 보지 못한 것이 안타깝다. 발전적인 민족은 역사 속에서 교훈을 얻고 전철을 밟지 않는 것이거늘, 오늘의 이 나라에까지 도무지 역사의 교훈을 외면하고 선조들이 남긴 전철을 그대로 되풀이하고 있으니, 앞날이 아득할 뿐이다. 특히 차 문화에 관한 정책은 더욱 그렇다.

임진왜란 후 시간이 흐르면서 그 상흔(傷痕)이 가라앉고 차 생산이 필요에 의해 조금씩 제기되었으나, 궁중에서나 개인의 제의에는 종전과 같이 차를 쓰지 못하는 경우도 많았다. 실은 우리 차의 품질이 좋아 외국인도 그 향미(香味)를 높게 평가했으니, 양호의 진언(進言)도 그 예이다. 한편 이 시기에 우리 차를 금(金)나라에 보낸 적도 있었고, 사원에서는 품질이 좋지는 못해도 조금씩 차를 만들었으니, 이때의 차 생산이 전무했다고 할 수는 없다. 그리고 우리 토산차는 제대로 만들면 산차 형태든 병차 형태든 외국차에 뒤지지 않는 우수한 품질의 차로 고유한 장점을 가졌던 것도 사실이다.

양호 이전에도 점필제의 차 생산 진흥을 위한 실증도 있었고, 다산의 『각다고(榷茶考)』에 상술한 역대 중국의 다시책(茶施策)을 거울삼아 제도 개선과 생산 증진을 꾀해서 다농들을 안정시킬 수 있었음에도 불구하고, 관료들의 정치적 비전이 부족하여 오직 이학(理學)과 예법(禮法)에만 골몰하다가 차 산업의 위기를 맞게 되었다. 역사상 이런 계기는 여러 번 있었으니, 선조 때인 1602년의 차 정책의 모색, 1658년 암행어사 민정중(閔鼎重)의 행적과 보고(報告), 이유원의 『임하필기(林下筆記)』, 미국 공사 딘스모아의 헌책, 1882년 청나라 이한신(李瀚臣)이 김창희에게 전달한 〈조선부강팔의〉 등등 많았다. 그런데 모두 기회를 놓치고 1883년과 1884년에 와서야 차나무 장려책을 쓰고, 고종이 직접 전담기구 설치를 명했다. 그러나 국운이 기울면서 그 결실은 맺어지지 못했다.

차의 품질에 관한 기록은 여대(麗代)의 이규보 같은 차인을 통해 우수성이 입증되었지만, 조선 후기에 접어들며 『기다(記茶)』에서 우리 차의 좋은 점을 기록했고, 초의의 『동다송』에서 남쪽 스님들 사이에 차 마시는 일이 많고 그 질도 좋다고 했다[東國所産元相同 色香氣味論一功 陸安之味蒙山藥 古人高判兼兩宗].

초의는 시주(詩註)에서 『동다기 중의 일부를 인용하여 '혹 동다의 효과가 월주(越州)의 것에 미치지 못한다고 하는데 내가 보기에는 육안과 몽산의 장점을 두루 갖추었다. 이것은 육우나 이찬황이 지금 있다 하더라도 내 말을 인정할 것이다'라고 자신 있게 말했다. 이는 지금도 남쪽의 일부 제다업자나 선가에서 법제한 차들을 마셔보면 외국의 어떤 차라도 가질 수 없는 방향(芳香)과 고아한 색(色), 그리고 청순(淸純)한 맛을 느낄 수 있으니, 과장된 표현이라 할 수 없다.

국가적 행사 특히 외국 사절을 맞을 때나 묘당(廟堂)이나 궁중의례에는 다례(茶禮)를 행하고, 일부 사찰에서도 자기들의 소용에 해당되는 만큼의 차는 자급(自給)하였다. 뿐만 아니라 문인 일사(逸士)들의 시문을 보면 간단없이 음다 문화는 이어졌다. 한때 국가 시책이 제례 때 철다진갱(撤茶進羹)의 방향으로 흘러 표면적으로 사가(私家)나 사찰(寺刹)에서도 차를 쓰지 않았지만 실제 생활에서는 차를 즐기는 이들이 상당히 많았다. 한편 궁중에서 쓰이는 차의 양을 줄여야 한다는 건의가 있었지만 의례에는 차가 빠지지 않았다. 저간의 여러 난리 중에 차를 구하지 못했을 때는 대용차(代用茶)나 물로 대신하기도 했고, 인삼탕(人蔘湯)을 쓰기도 했다.

이때에 오면 남자 다모(茶母)가 등장하고 궁에는 상다(尙茶)를 두어 차에 관한 것을 맡겼고, 다모는 예전과는 달리 변질되어 비녀(婢女)처럼 천하게 취급되어 사신을 수행하는 장졸들에게 배정되기도 했다. 차츰 움트는 새로운 학풍의 선비들도 차를 즐겼으니 순암 안정복(安鼎福)도 차인이었고, 연담(蓮潭)이나 지환화상(智還和尙) 같은 선승들이 차 정신을 지켰으니, 선가(禪家)의 차는 식을 줄 몰랐다.

전기의 좋은 다시(茶時)제도는 사헌부를 중심으로 후기에도 임오(1882년) 이전까지 계속되었다. 『일성록』에 보면 거의 매일같이 다시를 행했고, 나중에는 탐관오리의 집에 밤에 붙이는 야다시(夜茶時)라는 풍습이 나와 부정한 관리에 대한 도덕적 책임을 물었다.

고종 병자(1876년)에 청사(淸使)를 근정전에서 접견할 때도 다례를 행했다. 즉 이때까지 일부에서 말하듯이 다맥(茶脈)이 완전히 단절되어 불모의 시대를 거쳐 온 것처럼 된 것은 아니다. 공식적이고 대외적인 데는 다례를 치르고 일반인의 제례나 사찰의 예

불에 헌다 의식이 명멸된 것은 사실이나, 선승들의 생활이나 개인적인 기호음료로서 차의 흐름은 간단없이 흘러왔다.

한편 일부 상인이나 농민들이 경제력을 가짐에 따라 자연스럽게 사회계층의 분화를 초래하면서 신분구조가 붕괴되기 시작했다. 중인이나 서얼 계층들도 차를 즐겼으니 '송석원'이나 '경정산가단'을 중심으로 사회에 급격히 부상해서 활발히 활동하던 서민문인들이 남긴 다시문(茶詩文)도 적지 않다. 여기에는 그들의 사회적 신분 상승과 분울한 감정이 고급문화로 표출되었다.

송림에 객산하고 다정(茶鼎)에 연헐(烟歇)커늘
유선일(遊仙一)에 천몽(千夢)을 늦이 깨니
어즈버 희황상세(羲皇上世)를 다시 본 듯하여라.
_ 김천택의 시조

유형원(柳馨遠), 이익(李瀷), 정약용(丁若鏞)으로 이어지는 경세치용학(經世致用學)과 유수항(柳壽垣), 홍대용(洪大容), 박지원(朴趾願), 이덕무(李德懋)로 이어지는 이용후생학파(利用厚生學派)가 나와서 좋은 방향을 제시하고 방법도 말했으나, 정책 입안자들이 이를 수용하지 못한 것은 불행이었다. 전술한 바와 같이 이 시기에 나온 몇몇의 저서에 차에 관한 기록들이 상당히 많은 것을 보면, 차문화가 한층 발전할 수 있는 기회였던 것이다. 그들은 대부분 차인이었으나 현실적인 여건이 제도화에 이르게 하기에는 어려웠다. 이는 차가 민생에 절대적으로 필요한 것이 아니고 기호식품이었기 때문이다.

한편 겸재(謙齋) 정선(鄭敾), 단원(檀園) 김홍도(金弘道), 유수관도인(流水館道人) 이인문(李寅文) 등의 출중한 화가들이 실경산수를 중심으로 활동하면서 많은 다화(茶畵)를 그렸다. 이는 그들이 지향하는 바가 관념적인 이념 세계의 그림이 아니고 실제의 생활을 모델로 한 기록화이기 때문에 당시 선비사회에서 차가 얼마나 뿌리 깊게 박혀 있는가를 보여준다.

다음 시대는 차문화를 꽃피울 인물들이 속속 태어난 때다. 박제가(朴齊家), 이서구(李書九), 정약용(丁若鏞)은 새로운 학문을 추구한 선비 차인으로 우리 다사(茶史)를 중요한 기점에 이르게 한다. 특히 다산이 신유박해 때 강진으로 유배되어 다산 기슭에서 지내며 아암(兒庵) 혜장(惠藏)을 만나고, 후에 초의를 만나 가르치며 그가 중앙무대에 진출할 수 있는 계기를 만들었다. 다산은 이덕리(李德履)가 쓴 『기다(記茶)』의 내용과 같은 다법을 주변 사람들과 자하(紫霞)에게까지 전했다. 이때는 영수합(令壽閤) 서씨(徐氏)나 빙허각(憑虛閣) 이씨(李氏) 등 여류 차인들도 많았으며 홍인모(洪仁謨) 등의 가정은 다풍(茶風)이 아름다웠던 집이다.

정조의 개혁운동이 추진되면서 새로운 학풍이 진작(振作)되어 역사의 진로를 모색했으니, 철학적인 이론보다 실제 생활과 직결된 일반 백성들의 생활문제가 화두로 등장하는 시기다. 반계 유형원, 초정 박제가, 연암 박지원 등의 저작들이 나와 새로운 문풍을 일으켰다. 특히 자하(紫霞) 신위(申緯)는 시서화(詩書畵)에 선(禪)과 차를 결부시켜 하나로 조화시킨 깊은 경지에 이른 태산북두(泰山北斗) 같은 참다운 차인이었다. 18세기 후반부는 우리 차문화사에 있어 뚜렷하게 금을 그을 만큼 중요한 시기인데, 이런 차인의 출현은 의의가 크다. 나라에서는 모든 의식에 한 결 같이 다례를 올렸고 개인의 차 생활도 여전했다. 제도나 형식은 간결해지고 문화는 크게 꽃피웠다.

18세기 말은 우리 차 중흥의 주역들이 속속 등장하여 활동하던 시기다. 천주교에 대한 박해는 어쩌면 우리 차의 발전에 원인 제공을 했다고 할 수 있는 역설적인 면이 있다. 다산이 유배되어 강진으로 가지 않았다면 찬란했던 19세기 초의 우리 차문화는 양상을 달리했을 수도 있다. 이로 본다면 역사의 진전이란 실로 예상키 어려운 결과를 낳기도 한다.

한편 숙선옹주(淑善翁主)와 홍현주(洪顯周)의 가례(嘉禮)로 홍씨 일가의 차 생활이 알려졌다. 당대 명문가의 차 생활이 드높은 정신세계에 이르고 있었음을 보여준다. 무엇보다 다산의 『다신계절목(茶信契節目)』은 차를 통한 모임의 운영이나 조직원들의 자세가 어떻게 되어야 하는가를 기록했다. 그 속에는 다산의 차 정신과 사회의식이 들어 있다. 그리고 초의와 추사가 만난 것도 우리 차 문화의 한 장을 빛나게 한다.

한재(寒齋)의 『다부(茶賦)』에서 드높은 차 정신이 펼쳐진 후 340여 년 동안 우리에게 이렇다 할 다서 하나 없는 실정이었다. 1785년을 전후한 시기에 진도에서 유배생활을 하고 있던 이덕리(李德履)가 『기다(記茶)』라는 이름의 차에 관한 기록을 남겼으니, 이것이 이제껏 다산이 썼다고 알려진 『동다기(東茶記)』라고 생각하기도 하나 아직은 단정 짓기 어렵다. 이 시기에 초의에 의해 『만보전서(萬寶全書)』에 나오는 『다록(茶錄)』을 옮겨 적은 『다신전

(茶神傳)』이 나왔으니, 차의 가장 보편적인 이론이 보급된 셈이다. 즉 지금 말하는 초의다법이 시작된 것이다. 이어서 나온 『동다송(東茶頌)』은 대부분 기존 다서의 중요 부분을 발췌한 내용이지만 말미 부분에 우리 차의 장점과 올바른 차 정신에 관한 것이 실려 있어서 우리 차문화상 중요한 기록이다.

〈기다(記茶)〉의 내용은 먼저 차의 경제적 가치와 교역의 중요성을 강조했다. 이는 조선 전기에 언급한 대로 차 정책에 대한 분명한 건의였다. 그리고 1743년 차 파는 배가 와서 차를 마셨는데, 거의 모든 병에 효험이 있었다고 적었다. 구체적인 차의 효험과 제다, 그리고 다고(茶膏), 황차 등에 관해 기록했다. 끝으로 다조(茶條)에서는 생산지 조사와 장려책으로 교육, 수매, 판매 등의 세부적인 방법을 제시하고, 그 이익으로 국력을 신장할 수 있다고 큰 계획을 수립했다.

다산 등이 활동하던 19세기 초를 이들 차인들만 활동하고 차의 명맥이 거의 끊어진 듯 생각하는 것은 잘못이다. 혹 조금씩 보이는 자료들로만 보아도 차는 많은 부문에서 화두로 등장했고 그에 관한 지식도 깊었음을 알 수 있다. 이를테면 『승상편년(陞庠編年)』에 실린 진사 남면중(南勉中)의 시문시험(詩文試驗)에 응한 시를 보면, 고저차(顧渚茶)와 남영수(南零水)가 등장하고 고장옥설(枯腸沃雪)의 다성(茶性)도 나오는 것으로 미루어 차문화의 정도를 짐작케 한다. 뿐만 아니라 이상계(李商啓)가 쓴 〈초당곡(草堂曲)〉에는 월하팽다(月下烹茶)가 나온 것으로 보아 일부의 차인들은 차를 아주 즐겼고 상당히 사회적인 인식도 있었던 것으로 보인다. 다만 그 생산량이 적어서 중국차가 주류를 이루고, 아래로 서민들에게

까지 널리 파급되지 못했던 것이다.

『다신전』은 초의선사가 무자년(1828)에 큰스님을 모시고 지리산 칠불선원에 들렀을 때, 1675년에 쓰인 청대의 『만보전서』 중 〈채다론(採茶論)〉을 보고 등초(謄抄)한 것이고, 『만보전서』의 〈채다론〉은 명대 장원이 쓴 『다록』이었다. 『다신전』의 작성 경위에 대해 초의선사는 발문에서 이렇게 밝히고 있다.

1828년[무자] 여름[비가 내리는 계절]에 스님을 따라 방장산 칠불아원에 갔다가, 등초하여 내려 왔다. 다시 정서하려고 했으나 병으로 인하여 마무리하지 못했다. 수홍 사미가 시자방에 있을 때 다도를 알고자 하여 정초하려 하였으나, 역시 병이 나서 끝내지 못하였다. 그래서 내가 선(禪)하는 여가에 억지로 붓을 잡고 정서를 끝냈으니, 시작을 하면 끝을 낸다는 것이 어찌 군자들만이 할 수 있는 일이겠는가. 총림에는 혹 조주의 풍류가 있으나, 대부분 다도를 알지 못하므로 이렇게 베껴서 보이는 것이니 나로서는 외람된 일이다. 1830년[경인] 중춘에 휴암병선이 눈 내리는 창 앞 화로 옆에서 삼가 쓰다.[戊子雨際 隨師於方丈山七佛亞院 謄抄下來 更欲正書 而因病未果 修洪沙彌 時在侍者房 欲知茶道 正抄 亦病未終 故禪餘强命管城子成終 有始有終 何獨君子爲之 叢林或有趙州風 而盡不知茶道 故抄示可畏 庚寅中春 休菴病禪 虛窓擁爐 謹書]

『다신전』이 가지는 우리 차문화상의 의의

앞에 적은 바와 같이 19세기 초의 우리 차문화는 일부의 기다인(嗜茶人)들을 제외하면 서민 속에서는 차 생활을 하는 사람이 드물었다. 겹쳐진 국난 후의 혼란이 자리 잡고 새로운 지도 이념이 정립되려는 시기였다. 그것이 서학이었으니, 실사구시를 지표로 하던 시대의 주인공들이, 바로 우리 차문화에 가까이 가게 된 것이다. 이즈음 주로 중국차를 대하던 서울의 차인들도, 다산의 강진 행으로 우리나라의 남쪽에서 생산되는 차를 맛보게 되었다. 그리고 아암과 초의 같은 다승들과 추사나 자하 같은 선비 차인이 나와 우리 차의 진가를 알아가던 중이었다.

이때 나온 것이 『다신전』이다. 이제껏 떡차(돈차) 위주로 만들었던 것이, 『다신전』 이후에는 산차로 바뀌고, 차를 우리는 방법에서부터 구체적인 여러 찻일까지 다 바뀌었다. 참으로 새로운 세계가 아닐 수 없었다. 당시의 남쪽 차 산지에서는 여염에서 흔히 하동지역의 잭살(산차 형태), 호남지방의 돈차, 사찰에서는 초의가 옥부대에 올랐다가 말한 일쇄로 만든 산차 형태의 막차 등이 실상이었다. 그런데 『다록』의 내용은 정말로 신기한 새로운 세계였다.

우리 차문화를 한층 높였다고 하겠다. 단순한 약으로, 혹은 행사에서 꼭 있어야 하는 물건이라는 대수롭지 않는 식품이, 대단히 신비롭고 고아한 귀품으로 등장하여 만인의 각광을 받게 된 것이다. 그리고 특히 광복 후에 우리 차인들의 차 생활에 전본(典本)이 되었던 것이 『다경』과 『다신전』임을 아무도 부인하지 못할 것이다.

초의(草衣)의 연보

1786년 전남 무안군 삼향면 광산리에서 출생. 속성(俗姓)은 흥성(興城) 장씨(張氏).

1800년 나주군 다도면 운흥사의 벽봉(碧峰) 민성(敏性)의 문하로 출가하다.

1801년 신유사옥(辛酉邪獄)으로 인해 다산이 강진에 유배되다.

1805년 연담(蓮潭)의 법손(法孫)인 완호윤우(玩虎倫佑)에게서 구족계를 받다.

1807년 금담조사(金潭祖師)에게서 선을 공부하고 금강산, 지리산, 한라산 등을 돌며 수행하다.

1809년 다산을 처음 만나 제자가 되고 대둔사에 머물다.

1815년 서울에서 다산의 자제인 유산 정학연을 만나고 수종사(水鐘寺)에 들르다. 그 후 추사와 그 형제 명희(命喜)와 상희(相喜), 자하와 해거도인도 만나다.

1816년 수락산에서 시회(詩會)를 가지다.

1817년 다산이 해배(解配)되어 본가로 올라가다.

1824년 일지암 결암(結庵).

1826년 완호 스님 입적.

1827년 다산을 배알하다.

1828년 『만보전서』의 〈채다론(採茶論)〉 등초(謄抄)를 시작하다.

1830년 『다신전』 정서 완성. 겨울에 수종사에 머물다. 이때 자하를 만났다. 또 박영보(朴永輔)가 『남차병서(南茶幷序)』 이십 운(韻)을 짓고 교유했다. 후에 『몽하편(夢霞篇)』 병서(幷序)를 썼으니 두 사람의 교분을 짐작할 수 있다.

1831년 『초의시고(艸衣詩藁)』를 짓고 홍석주(洪奭周)와 자하가 서문을 쓰다.

1835년 소치(小痴) 허유(許維)가 초의의 지도를 받다.

1837년 해거도인에게 『동다행(東茶行)』 저술 경위를 써 보내다.

1838년 해거도인 시집에 발문을 쓰다.

1839년 소치 허유를 추사에게 천거하다.

1840년 헌종(憲宗)으로부터 '대각등계보제존자초의선사(大覺登階普濟尊者艸衣禪師)'라는 사호(賜號)를 받다. 추사가 제주로 유배되다.

1844년 추사에게서 〈걸명소〉를 받다.

1856년 추사 별세.

1866년 세납 81세로 8월 2일 입적하다.

1871년 초의 부도탑을 세우다.

1980년 일지암 재건(한국차인회).

[류건집 저 『동다송주해』에 소개했던 것을 옮겼음을 밝혀 둔다.]

『다록』과 『다신전』의 판본

『다록』

『다서전집본(茶書全集本)』 : 목록에는 『茶錄』으로 되어 있고, 본문에는 『張伯淵茶錄』으로 되어 있다.

『다신전』

1. 다예관본(茶藝館本)[태평양박물관 소장]
2. 석오본(石梧本)[李一雨 소장]
3. 한국차문화연구소본(韓國茶文化硏究所本)[鄭英善 소장]
4. 법진본(法眞本)[守眞 소장]
5. 금명본(錦溟本)[송광사도서관 소장]

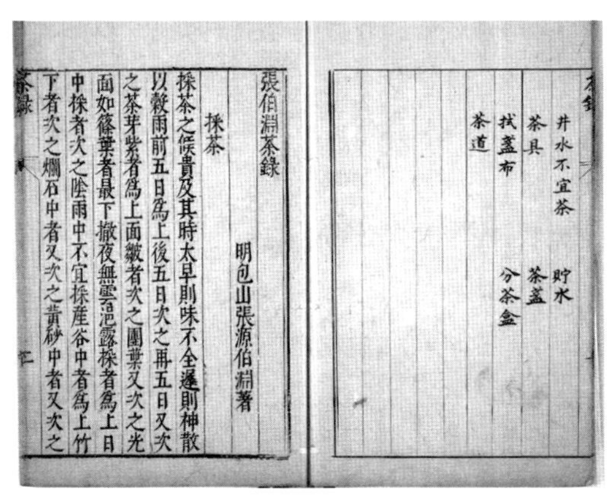

井水不宜茶　貯水
茶具　茶盞
拭盞布　分茶盒
茶道

張伯淵茶錄
明包山張源伯淵著
採茶
採茶之候貴及其時太早則味不全遲則神散以穀雨前五日為上後五日次之再五日又次之茶芽紫者為上面皺者次之團葉又次之光面如篠葉者最下撤夜無雲浥露採者為上日中採者次之陰雨中不宜採產谷中者為上竹下者次之爛石中者又次之黃砂中者又次之

『다서전집본(茶書全集本)』에 수록된 『張伯淵茶錄』

제2부 다록 주해

茶錄

引 인
주1

洞庭張樵海山人 志甘恬澹 性合幽棲 號稱隱君子
주2
동정장초해산인 지감념담 성합유서 호칭은군자

其隱於山谷間 無所事事 日習誦諸子百家言
기은어산 곡간 무소사사 일습송제자백가언

每博覽之暇 汲泉煮茗 以自愉快
매박람지가 급천자명 이자유쾌

無間寒暑 歷三十年 疲精殫思 不究茶之指歸不已
무간한서 역삼십년 피정탄사 불구다지지귀불이

故所著茶錄 得茶中三昧
고소저다록 득다중삼매

余乞歸十載 夙有茶癖 得君百千言 可謂纖悉具備
주3
여걸귀십재 숙유다벽 득군백천언 가위섬실구비

其知者以爲茶 不知者亦以爲茶
기지자이위다 부지자역이위다

山人盍付之 剞劂氏 卽王濛 盧仝復起 不能易也
주4 주5 주6
산인합부지 기궐씨 즉왕몽 노동부기 불능이야

[吳江顧大典題 오강고대전제]
주7

번역

앞글

동정의 장 초해산인은 뜻하는 바가 좋으며 깨끗하고, 성격이 조용하고 깊숙한 데 살기 좋아하여 은군자라 불렀다. 그는 산곡 간에 은거하며 특히 하는 일이 없이 날마다 제자백가의 이론들을 익히며 외웠다. 매양 널리 읽는 여가에 샘물 길어 차 달이며 스스로 기분 좋아 하였다. 추위와 더위를 무릅쓰고 삼십년을 지나며, 정신이 피로하고 생각이 다하면 차에 의지하였다. 그래서 그가 쓴 『다록』은 차의 깊은 경지를 얻었다. 내가 일찍이 다벽이 있어서 돌아가기를 십 년이나 바랐는데, 그대의 『다록』에는 수많은 기록으로 섬세한 것까지 모두 구비되어 있었다. 그 내용을 아는 이도 차를 하고, 모르는 이도 또 차를 마신다. 산인이 이를 다 모아 새기는 사람에게 보냈으니, 곧 왕몽이나 노동이 다시 온다 해도 쉽게 할 수 있는 일은 아니다.

[오강의 고대전이 제하다.]

주해

주1 **引** 序文의 뜻으로 引文이라고도 한다.

• 獨有引文 存於家集 _ 王明淸[宋]

주2 **洞庭張樵海山人** 洞庭은 장원이 은거해서 살던 산 이름이다. 지금의 江蘇省 震澤縣이다. 張樵海山人은 장원의 호가 '초해산인'임을 말한 것이다.

주3 **茶癖** 차를 좋아하는 병, 곧 차를 너무 좋아하는 고치기 힘든 고

질병.

주4 **剞劂氏** 나무에 글씨나 그림 등을 조각하는 사람.

주5 **王濛** 5C. 南朝宋代人. 자(字)는 중조(仲祖)로, 동진(東晋) 태원(太原) 진양(晉陽, 山西省 太原市 남쪽) 사람이다. 기록에 의하면 서화(書畵)에 능했고, 준수한 외모에 생각이 탁 트인 사람이었다. 벼슬은 사도연(司徒掾), 중서랑(中書郎), 좌장사(左長史)를 역임했다. 그는 차를 좋아하는 벽(癖)이 있어서 매양 손님이 오면 누구에게든지 차를 대접해서 마시게 했다. 당시는 동진(東晋)의 조정이 밀려서 남쪽으로 옮겨 건강(建康, 지금의 南京)에 도읍을 정할 때였다. 그러니 자연스럽게 북방인(北方人)들이 남쪽 문화 속으로 들어와서 문화적으로 섞이는 시기였다. 따라서 남쪽의 음다풍습이 이 북방인들에게는 생소하고, 어떤 이는 이 음다문화가 고통스럽기까지 한 예(例)도 있었다. 그래서 왕몽의 집에 가는 날이면 손님들 사이에 유행하는 말이 "수액(水厄)을 맞으러 간다."는 것이었다. 곧 수액(水厄)이라는 말은 차를 낮추어 부르는 말이 되었다.[晋司徒王濛好飮茶 人至輒命飮之 士大夫皆患之. 每欲候濛必云 "今日有水厄."] _ 劉義慶(南宋), 『世說新語』

주6 **盧仝** 796~835. 당대의 시인으로, 〈走筆謝孟諫議寄新茶(七碗茶歌)〉를 남겨서 유명하다. 호를 玉川子라 했다.

주7 **顧大典** 16세기 말인 萬曆 연간[1573~1620] 사람이다. 자를 道行, 호를 衡寓라 했다. 隆慶 연간[1568~1572]에 進士로 福建提學副使를 지냈으며, 詩書畵音律에 능하였다.

해설

명대 만력 연간에 고대전이란 사람이 쓴 『다록』의 인문, 곧 서문(序文)이다. 장원의 성품과 은거한 선비로서의 일생을 말하고 차를 사랑하여 『다록』을 남겼으니, 이는 아주 중요한 기록이라는 사연을 적은 글이다.

1

採茶論 채다론

採茶之候 貴及其時 太早則味不全 遲則神散
주1 주3
채다지후 귀급기시 태조즉미부전 지즉신산

以穀雨前五日爲上 後五日次之 再五日又次之
이곡우전오일위상 후오일차지 재오일우차지

茶芽紫者爲上 面皺者次之 團葉又次之
주4 주5 주6
다아자자위상 면추자차지 단엽우차지

光面如篠葉者最下 撤夜無雲 浥露採者爲上
주7 주8
광면여조엽자최하 철야무운 읍로채자위상

日中採者次之 陰雨中不宜採
일중채자차지 음우중불의채

産谷中者爲上 竹下者次之
산곡중자위상 죽하자차지

爛石中者又次之 黃砂中者又次之
난석중자우차지 황사중자우차지

교주

- **論** 『만보전서』와 『다신전』 모두 '論' 자가 있다.
- **味** 『다신전』에는 '香' 자로 되어 있다.
- **芽** 『만보전서』에는 '𦱬'으로, 『다신전』에는 '非'로 되어 있다.
- **面皺** 『만보전서』에는 '面皺皮'로, 『다신전』에는 '而皺'로 나와 있다.
- **又** 『다신전』에는 '者'로 나와 있다.
- **面** 『다신전』에는 '而'로 나와 있다.
- **中** 『만보전서』에는 '下'로 나와 있다.
- **採** 『다신전』에는 '采'로 나와 있다.
- **竹** 『만보전서』와 『다신전』 모두 '竹林'으로 나와 있다.
- **石中者** 『만보전서』에는 '石中'으로, 『다신전』에는 '中石者'로 나온다.
- **者** 『만보전서』와 『다신전』 모두 '者' 자가 없다.

원문 비교 ㅇ는 탈자이며, 글자 위의 점(•)은 서로 다른 글자임

『다 록』	採茶之候 貴及其時 太早則味不全 遲則神散 以穀雨前五日爲上 後五日次之
『만보전서』	採茶之候 貴及其時 太早則味不全 遲則神散 以穀雨前五日爲上 後五日次之
『다 신 전』	採茶之候 貴及其時 太早則香̇不全 遲則神散 以穀雨前五日爲上 後五日次之

『다 록』 再五日又次之 茶芽紫者爲上 面皺者次之 團葉又次之 光面如篠葉者最下

『만보전서』 再五日又次之 茶䒹紫者爲上 面皺皮者次之 團葉又次之 光面如篠葉者最下

『다신전』 再五日又次之 茶非紫者爲上 而皺者次之 團葉者次之 光而如篠葉者最下

『다 록』 撤夜無雲 浥露採者爲上 日中採者次之 陰雨中不宜採 産谷中者爲上

『만보전서』 撤夜無雲 浥露採者爲上 日中採者次之 陰雨下不宜採 産谷中者爲上

『다신전』 撤夜無雲 浥露采者爲上 日中采者次之 陰雨下不宜采 産谷中者爲上

『다 록』 竹○下者次之 爛石中者又次之 黃砂中者又次之

『만보전서』 竹林下者次之 爛石中○又次之 黃砂中○又次之

『다신전』 竹林下者次之 爛中石者又次之 黃砂中○又次之

번역

찻잎 따기

찻잎을 따는 철은 그 때를 맞추는 것이 귀중하니, 너무 일찍 따면 차 맛이 온전치 못하고, 늦게 따면 다신이 흩어진다. 곡우 전 5일을 으뜸으로 삼고, 곡우 후 5일이 다음으로 좋으며, 그 뒤 5일은 그 다음이다. 차의 싹은 자주색을 으뜸으로 삼고, 잎이 주름진 것이 다음이며, 피어서 둥근 것은 또 그 다음이며, 잎의 표면이 조릿대 잎 같은 빛을 띠는 것은 가장 아래다.

밤새 구름 없는 날 이슬에 젖은 잎을 따는 것이 으뜸이 되고, 해가 비칠 때 따는 것이 다음이며, 흐리거나 비가 내리면 찻잎 따기가 마땅치 않다. 산골에서 나는 것을 으뜸으로 삼고, 대숲에서 나는 것이 다음이며, 돌이 섞인 흙에서 나는 것이 또 그 다음이고, 누런 모래흙에서 나는 것이 또 그 다음이다.

주해

주1 **採茶之候** '候'는 '방문하다, 살피다, 모시다, 기다리다, 묻다, 시중들다, 징조, 절후' 등의 다양한 의미로 쓰이는데, 여기선 두 가지로 해석된다. ① 살피는 일 곧 '차 잎을 따는 일'이란 뜻. ② 계절 곧 '차 잎을 따는 시기'라는 해석이다. 두 가지가 다 말이 되지만 그 다음에 '時'라는 글자가 나오기 때문에 '일'로 해석했다.

주2 **神散** '神'이란 차가 가지고 있는 神氣를 말한다. 이는 곧 차의 色香氣味를 통틀어 일컫는 말이다.

- 茶者水之神 水者茶之體 ; 차는 물에 신을 넣고, 물은 차에 몸체를 주었다.

주3 **穀雨** 24 절후의 하나로 淸明 다음인 4월 20일 경이다.

주4 **紫者** 자색을 띠는 싹, 혹 紫芽라고도 한다. 여기엔 시대별로 약간의 다른 견해가 있다. 이는 『다경』에 쓴 내용과 송대 다서들의 내용이 다른 데서 알 수 있다.

• 野者上園者次 陽崖陰林 紫者上綠者次 笋者上芽者次 葉卷上葉舒次[야생의 것이 좋고 기른 것은 그 다음이다. 양지바른 언덕의 그늘진 곳에서, 자색의 순이 말려 있는 것이 좋고, 녹색의 잎이 펴진 것은 그 다음이다.] _『茶經』〈一之源〉

• 茶有小芽 有中芽 有紫芽 有白合 有烏蔕 此不可不辨 小芽者 其小如鷹爪 初造龍園勝雪 白茶 以其芽先次蒸熟 置之水盆中 剔取其精英 僅如鍼小 謂之水芽 是小芽中之最精者也 中芽 古之謂一鎗一旗是也 紫芽 葉之紫者是也 白合 乃小芽有兩葉抱而生者是也 烏蔕 茶之蔕頭是也 凡茶以水芽爲上 小芽次之 中芽又次之 紫芽白合 烏蔕 皆在所不取 使其擇焉而精 則茶之色味無不佳 萬一雜之以所不取 則首面不勻 色濁而味重也[찻잎에는 소아, 중아, 자아, 백합, 오체 등이 있는데, 이들은 구분하지 않을 수 없다. 소아란 매의 발톱과 같이 작은 것을 말하는데, 용원승설과 백차를 처음 만들 때 그 싹을 먼저 쪄서 익힌 다음에, 물에 잠그고 그 정영을 발라서 취하여 거의 바늘과 같이 된 것을 수아라 이르는데, 이는 소아 중에서도 가장 정수(精髓)이다. 중아는 고인들이 일창일기라고 한 것이 바로 이것이다. 자아는 잎이 자색인 것을 이르며, 백합은 소아를 두 잎이 싸고 난 것을 말한다. 오체란 차의 체두를 이른다. 무릇 찻잎은 수아가 제일이고, 소아가 다음이며, 중아는 그 다음이다. 자아와 백합, 오체는 모두 취하지 않는다. 정수를 택하여 차를 만들면, 차의 색과 맛이 좋지 않은 것이 없다. 만약 취하지 말아야 할 것을 섞는다면, 차의 표면이 고르지 않고 색은 탁하며 맛도 산뜻하지 못하다.] _『北苑別錄』〈揀芽〉

주5 **面皺者** 차 싹이 돋아서 갓 피어난 잎은 말렸던 자욱이 다 자라

지 못해서 주름져 있다. 여기서 말하는 주름은 어린 찻잎을 설명한 것이지, 완성차에 관한 표현은 아니다. 『동다송』에 인용된 이 부분은 잎에 관한 묘사가 아니고 완성차에 관한 묘사이다. 잘못 인용한 것이다.

주6 **團葉** 잎이 핀 지가 조금 지나 표면에 윤기가 돌고, 확 퍼져서 둥근 잎

주7 **篠葉** 조릿대[細竹] 잎. 핀 지가 너무 오래되어서 표면이 반짝일 정도로 된 것

주8 **浥露採者爲上 日中採者次之** 이슬에 젖은 상태로 딴 것이 좋고, 해가 돋은 다음에 딴 것은 그 다음이다.

- 擷茶以黎明 見日則止[찻잎은 여명에 따고 해가 돋으면 그친다.] _『大觀茶論』〈采擇〉
- 採茶之法 須是侵晨 不可見日 侵晨則夜露未晞 茶芽肥潤 見日則爲陽氣所薄 使芽之膏腴內耗 至受水而不鮮明[차를 채취하는 법은 이른 새벽에 햇빛을 보기 전이어야 한다. 이른 새벽에는 밤이슬이 마르지 않아서 차싹이 윤택하지만, 햇빛을 쏘이면 양기가 엷아져서 차의 고가 안에서 소모되므로, 탕수를 받으면 선명하지 않게 된다.] _『北苑別錄』〈採茶〉

해설

먼저 찻잎을 채취하는 시기를 말했는데, 여기에 대하여서는 시대, 지역, 차종에 따라 그 내용이 조금씩 차이가 있다. 북위 25도 지역과 우리처럼 34도 지역에서는 그 시기가 적어도 10여일 가까이

차이가 날 수도 있고, 만드는 차의 종류가 연고차인가 산차인가의 차이도 있다. 여기서는 장강 하류지역에서 산차를 만들기 위해 찻잎을 따는 시기를 적시(摘示)한 것이다. 그래서 우리 선조들은 우리나라에서는 여기서 말한 시기보다 조금 늦게 따는 것이 합당하다고 했다.

그리고 딸 시기가 되었을 때 찻잎의 모양도 자세하게 설명했다. 또 잎에 물기가 있을 때 따야 하느냐 그렇지 않으냐의 문제도 언급했다. 끝으로 차나무가 선 위치와 토양까지 설명했다.

2

造茶 조다

新採 揀去老葉 及枝梗碎屑 鍋廣二尺四寸
주1 주2 주3
신채 간거노엽 급지경쇄설 과광이척사촌

將茶一斤半焙之 候鍋極熱 始下茶急炒 火不可緩
장다일근반배지 후과극열 시하다급초 화불가완

待熟方退火 徹入篩中 輕團挪數遍 復下鍋中
주5 주6
대숙방퇴화 철입사중 경단나수편 부하과중

漸漸減火 焙乾爲度 中有玄微 難以言顯 火候均停
주7 주8
점점감화 배건위도 중유현미 난이언현 화후균정

色香全美 玄微未究 神味俱疲
주9
색향전미 현미미구 신미구피

교주

- **枝** 『다신전』에는 '椥' 자로 되어 있다.
- **梗** 『만보전서』에는 '硬' 자로 되어 있다.
- **熟** 『만보전서』와 『다신전』에는 '熱' 자로 되어 있다.
- **挪** 『만보전서』와 『다신전』 모두 '枷' 자로 되어 있다.

• **全** 『만보전서』와 『다신전』 모두 '全' 자가 빠져 있다.

• **疲** 『만보전서』와 『다신전』 모두 '妙'로 되어 있다.

원문 비교

『 다 록 』 新採 揀去老葉 及枝梗碎屑 鍋廣二尺四寸 將茶一斤半焙之 候鍋極熱

『만보전서』 新採 揀去老葉 及枝硬碎屑 鍋廣二尺四寸 將茶一斤半焙之 候鍋極熱

『 다 신 전 』 新採 揀去老葉 及柀梗碎屑 鍋廣二尺四寸 將茶一斤半焙之 候鍋極熱

『 다 록 』 始下茶急炒 火不可緩 待熟方退火 徹入篩中 輕團挪數遍 復下鍋中 漸漸減火

『만보전서』 始下茶急炒 火不可緩 待熱方退火 徹入篩中 輕團枷數遍 復下鍋中 漸漸減火

『 다 신 전 』 始下茶急炒 火不可緩 待熱方退火 徹入篩中 輕團枷數遍 復下鍋中 漸漸減火

『 다 록 』 焙乾爲度 中有玄微 難以言顯 火候均停 色香全美 玄微未究 神味俱疲

『만보전서』 焙乾爲度 中有玄微 難以言顯 火候均停 色香○美 玄微未究 神味俱妙

『 다 신 전 』 焙乾爲度 中有玄微 難以言顯 火候均停 色香○美 玄微

未究 神味俱妙

번역

차 만들기

새로 잎을 딸 때는 늙은 잎 및 억센 줄기와 부스러기들을 가려내고, 넓이가 두 자 네 치[직경 72cm]인 솥에, 차 한 근 반[750g]을 덖는다. 솥이 아주 뜨겁기를 기다려 찻잎을 넣고 급히 덖기 시작한다. [이때] 불의 온도를 낮추지 말고, 익기를 기다려 지체 없이 불을 물린다. [익은 찻잎을] 체에 펼쳐서 가볍게 돌려 체질하기를 몇 번 한다. 다시 솥에 넣어 점점 불기운을 낮추면서 정도에 맞게 불에 말린다. 그 속에 깊고 오묘함이 있으니, 말로 표현하기는 어렵다. 불기를 고르게 하고 끝마치면, 색과 향이 모두 좋다. 현묘함을 궁구하지 못하면 신령스러운 맛이 모두 사라진다.

주해

주1 **枝梗** '枝'는 굳은 줄기, '梗'은 죽은 가지를 뜻한다. 여기서는 '枝梗'이 억센 줄기와 가지를 말한다.

주2 **碎屑** '碎'는 부수다, '屑'은 가루의 의미이니 쇄설은 부스러기를 말한다.

주3 **二尺四寸** 두 자 네 치는 직경 72cm 정도다. '尺'은 10분의 3 미터이고, 10寸은 一尺이다.

주4 **一斤半** 한 근은 우리나라에서는 600g이나 중국에서는 500g이

다. 한근 반은 750g 정도이다.

주5 **篩** 체로 치다의 의미로 찻잎을 체로 쳐서 부스러기를 걸러내는 것이므로 잎차를 만들 때 필요한 기구다.

주6 **挪** 비비다, 문지르다의 의미로 유념(揉捻)을 말한다. 유념은 찻잎의 세포막을 파괴하여 차가 잘 우러나오게 하고 모양을 잡아주며 찻잎의 고가 나와 찻잎이 엉겨 붙어 산화되는 것을 막아준다.

주7 **爲度** '법도에 맞게 하다', '정도에 알맞게 하다' 등으로 해석한다.

주8 **中有玄微 難以言顯** 中有玄微는 현묘(玄妙)하고 미묘(微妙)함, 곧 그 속에 현묘함이 있다로 해석된다. 難以言顯은 그 속에 있는 것이 너무 현묘하여 언어로 표현할 수 없을 정도라는 뜻이다.

- 中有玄微妙難顯 眞精莫敎體神分[泉品云 茶者水之神 水者茶之體 非眞水 莫顯其神 非眞茶 莫窺其體] _『東茶頌』

주9 **疲** 피곤하다, 지치다, 병들다의 의미로 '神味俱疲'는 신령스러운 맛이 모두 사라진다로 해석된다.

해설

차를 만드는 과정을 체험하지 않고서는 차를 말하는 것이 우습다. 우선 무엇보다 찻잎이 좋아야 하고, 잡스러운 것들이나 너무 쇠한 잎이나 줄기 및 상한 잎들이 섞이지 말아야 한다. 덖는 솥도 적당히 커야 하고, 한 번에 덖는 양도 적당해야 한다. 무엇보다 솥을 다 데우고 난 다음에 불을 늦추지 말고 잎을 넣어야 하고, 손을 빨리 놀려 잎이 익었다 싶으면 지체 없이 꺼내야 한다. 체에 넣어서 부스러기를 쳐 버리고, 돌려서 유념을 한다. 다음부터는 약간씩 불을 낮추고, 알맞게 될 때까지 불에 여러 번 건조시킨다. 이때 불의 세기와 알맞은 시간에 맞추는 손놀림이 차의 색향미를 좌우한다.

이 같은 내용은 지극히 미묘한 곳에서 결정되기 때문에 언어로써 그것을 다 설명할 수는 없다. 오직 오랜 체험과 몸에 배어 있는 노하우가 좋은 차의 신(神)을 나타나게 할 수 있다. 불의 세기에 맞는 손놀림은 차 만드는 이들에겐 핵심적인 과제가 아닐 수 없다.

3

辨茶 변다

茶之妙 在乎始造之精 藏之得法 泡之得宜

다지묘 재호시조지정 장지득법 포지득의

優劣定乎始鍋 清濁係乎末火 火烈香清

우열정호시과 청탁계호말화 화열향청

鍋寒神倦 火猛生焦 柴疏失翠 久延則過熟

과한신권 화맹생초 시소실취 구연즉과숙

早起却還生 熟則犯黃 生則著黑 順那則甘

조기각환생 숙즉범황 생즉착흑 순나즉감

逆那則澁 帶白點者無妨 絶焦點者最勝

역나즉삽 대백점자무방 절초점자최승

(주1 妙, 주2 鍋, 주3 乎末, 주4 寒神倦, 주5 柴疏, 주6 還, 주7 著, 주8 澁, 주9 點)

교주

- 定 『만보전서』와 『다신전』 모두 '宜' 자로 나와 있다.
- 乎 『만보전서』와 『다신전』 모두 '乎' 자가 없다.
- 末 『만보전서』에는 '未'로 나와 있고, 『다신전』에는 '水'로 나와 있다.
- 寒 『다신전』에는 '乘'으로 나와 있다.

• **還** 『다신전』에는 '邊'으로 나와 있다.

• **著** 『만보전서』와 『다신전』 모두 '着' 자로 나와 있다.

• **溢** 『다신전』에는 '溢' 자로 나와 있다.

• **點** 『만보전서』와 『다신전』 모두 '點' 자가 빠져 있다.

원문 비교

『다록』 茶之妙 在乎始造之精 藏之得法 泡之得宜 優劣定乎始鍋 清濁係乎末火

『만보전서』 茶之妙 在乎始造之精 藏之得法 泡之得宜 優劣宜乎始鍋 清濁係○未火

『다신전』 茶之妙 在乎始造之精 藏之得法 泡之得宜 優劣宜乎始鍋 清濁係○水火

『다록』 火烈香清 鍋寒神倦 火猛生焦 柴疏失翠 久延則過熟 早起却還生

『만보전서』 火烈香清 鍋寒神倦 火猛生焦 柴疏失翠 久延則過熟 早起却還生

『다신전』 火烈香清 鍋乘神倦 火猛生焦 柴疏失翠 久延則過熟 早起却邊生

『다 록』 熟則犯黃 生則著黑 順那則甘 逆那則澁 帶白點者無妨 絶焦點者最勝

『만보전서』 熟則犯黃 生則着黑 順那則甘 逆那則澁 帶白點者無妨 絶焦○者最勝

『다신전』 熟則犯黃 生則着黑 順那則甘 逆那則溢 帶白點者無妨 絶焦○者最勝

번역

차 가리기[구분하기]

차의 현묘함은, 처음부터 정미하게 정성껏 만들고, 법에 맞게 저장하고, 아주 알맞게 우리는 데 있다. 차의 좋고 나쁨은 첫 솥에서 결정되고, 차의 맑고 탁함은 마지막 불에서 결정된다. 불이 강하면 향이 맑고, 솥이 식으면 다신이 제대로 나타나지 않는다. 불이 지나치게 세면 익지도 않고 타며, 땔감을 적게 때면 불이 약해서 푸른빛을 잃는다. 차를 솥에 오래 덖으면 너무 익고, 너무 일찍 꺼내면 설익게 된다. 지나치게 익히면 (찻잎이) 누렇게 되고, 설익히면 차가 검게 된다. 법대로 만들면 차 맛이 달고, 거스르면 차 맛이 떫다. 차 잎에 백색 반점이 있는 것은 무방하나, 탄 점이 없는 것이 가장 좋다.

주해

주1 *妙* 묘하다. 玅(묘할 묘) 자와 同字로 같은 뜻이다. 다신이 어떤 때

에는 잘 나타나고, 어떤 때에는 제대로 나타나지 않는 것은, 차를 만드는 이의 정성과 지켜야 할 단계를 제대로 지키지 않았기 때문이다. 이런 오묘한 차의 경지를 통틀어서 妙라고 표현했다.

주2 **優劣定乎始鍋** 定은 좋고 나쁨은 처음 솥에서 '결정된다'로 해석되고 '宜'는 좋고 나쁨은 처음 솥에 '있다'로 해석되어 둘 다 의미는 같다. 優劣定乎始鍋(차의 좋고 나쁨은 처음 솥에서 결정된다)라는 말은, 차를 처음 덖을 때 불이 세면 겉만 익게 되고 불이 약하면 차가 지쳐 늘어지기 때문에 처음 솥에서 불의 세기와 익는 정도가 알맞아야 좋은 차가 된다는 뜻이다. 좋은 차를 만들 때는 불의 세기, 목재의 선택, 불 살피기가 중요하다.

주3 **清濁係乎末火/清濁係末火** 모두 '차의 맑고 탁함은 마지막 불에서 결정 된다'는 의미다. 清濁係水火는 '차의 맑고 탁함은 물과 불에서 결정된다'로 해석된다. 차의 감별에 해당하는 장이니 '차의 맑고 탁함은 마지막 불(마지막 덖음)에서 결정된다'로 보는 것이 더 마땅하다.

주4 **鍋寒神倦** 솥이 식으면 신묘함이 부족하다. '鍋乘神倦'은 '솥이 이기면 신묘함이 부족하다'라고 해석되니 '鍋寒神倦'이 더 적절한 문장이다.

주5 **柴疏** 섶나무가 느리게 타는 것, 즉 불기운이 약하다는 의미이다.

주6 **早起却還生/早起却邊生** 모두 '일찍 꺼내면 설익게 된다'는 의미이다.

주7 **着** 着과 著는 모두 '나타내다', '입다'의 의미로 서로 바꾸어 쓰였다.

주8 **澁** 떫다는 의미의 澀(삽)과 뜻이 같고, '溢'은 넘치다, 정도를 지나치다의 의미로 차의 맛에 대해 설명한 것이다. 쓰다는 표현은 일

반적으로 고삽(苦澁)을 많이 쓴다. '澁' 자를 써도 본래 맛을 지나쳤다고 보아 의미가 크게 바뀌지 않는다.

주9 **絶焦點者最勝/絶焦者最勝** 모두 '탄 것이 없는 것이 가장 좋다'는 뜻으로 의미는 같다. 곧 잎이 탄 점[초점]이 없어야 한다.

해설

이 부분은 다 만들어진 차 곧 완성차에 대한 변다(辨茶)를 말한다. 차의 우열과 다신의 발로는 모두 만드는 이의 정성과 솜씨, 보관과 우리는 숙달도에 의하여 결정되는 것이다. 그 중에도 필자는 살청초배(殺青炒焙)의 첫 솥을 중시했고, 배건(焙乾)을 얼마나 철저하게 잘 마무리했느냐가 다색(茶色)을 결정짓는다고 했다. 불이 너무 과도해도 안 되고 너무 약해도 안 되며, 알맞게 덖고 말려야 찻잎의 색도 좋고 맛도 달고 잡맛이 섞이지 않는다. 그러니 가장 주의해야 할 점은 태우지 말아야 한다는 것이다.

〈참고〉 현대 완성차 감별 기준의 例

1. 外形
   - a. 嫩度 : 老嫩 區分으로 成分, 品質, 色相의 鮮明度를 측정
   - b. 條形 : 松緊, 彎曲, 整碎, 壯瘦, 輕重 등
   - c. 色澤 : 成熟, 混雜, 枯潤 등
   - d. 淨度 : 衛生的으로 깨끗이 만들어졌는가 여부
2. 香氣
   - a. 香形 : 產地, 製法에 따른 花果香
   - b. 濃度 : 얼마나 짙은가의 여부

c. 鮮爽度 : 新鮮하고 상큼한가의 여부

d. 純度 : 다른 것이 섞이지 않는 순수한 향기인가의 여부

e. 持久度 : 향기가 얼마나 오래 가는가의 여부

3. 湯色

a. 色度 : 색이 자연스럽고 알맞게 짙은가 옅은가.

b. 明亮度 : 색이 밝고 그윽한가.

c. 混濁度 : 다른 색이 섞이지 않았는가.

4. 滋味 : 醇厚鮮[맛이 부드러운지, 깊은지, 선명한지]

5. 葉底 : 찌꺼기가 많은지, 어린잎인지, 제 색이 나는지, 잎의 크기가 균등한 지 등

4

藏茶 장다

造茶始乾 先盛舊盒中 外以紙封口 過三日
주1
조다시건 선성구합중 외이지봉구 과삼일

俟其性復 復以微火焙極乾 待冷貯壜中
주2
사기성복 부이미화배극건 대랭저담중

輕輕築實 以箬襯緊 將花筍箬及紙數重
주3 주4
경경축실 이약친긴 장화순약급지수중

封紥壜口 上以火煨甎冷定壓之
주5
봉찰담구 상이화외전냉정압지

置茶育中 切勿臨風近火
주6 주7
치다육중 절물임풍근화

臨風易冷 近火先黃
주8
임풍이냉 근화선황

교주

• 紥 『만보전서』와 『다신전』 모두 '緊' 자로 나와 있다.

원문 비교

『 다 록 』 造茶始乾 先盛舊盒中 外以紙封口 過三日 俟其性復 復以微火焙極乾

『만보전서』 造茶始乾 先盛舊盒中 外以紙封口 過三日 俟其性復 復以微火焙極乾

『다신전』 造茶始乾 先盛舊盒中 外以紙封口 過三日 俟其性復 復以微火焙極乾

『 다 록 』 待冷貯壜中 輕輕築實 以箬襯緊 將花筍箬及紙數重 封紮壜口

『만보전서』 待冷貯壜中 輕輕築實 以箬襯緊 將花筍箬及紙數重 封緊壜口

『다신전』 待冷貯壜中 輕輕築實 以箬襯緊 將花筍箬及紙數重 封緊壜口

『 다 록 』 上以火煨甎冷定壓之 置茶育中 切勿臨風近火 臨風易冷近火先黃

『만보전서』 上以火煨甎冷定壓之 置茶育中 切勿臨風近火 臨風易冷近火先黃

『다신전』 上以火煨甎冷定壓之 置茶育中 切勿臨風近火 臨風易冷近火先黃

번역

차 갈무리

차를 만들어 처음 말리기 시작한 것은, 먼저부터 사용하던 합에 담아 종이로 입구 밖을 봉한다. 3일이 지나 차 성질이 회복되기를 기다려, 다시 약한 불에 완전히 말린다. 식으면 단지에 담는데 [손놀림을] 가볍게 하여 쌓아서 가득 채우고, 죽순껍질로 속옷처럼 감싼다. 죽순껍질과 종이 여러 겹으로 단지 입구를 단단히 봉하고, 위에는 불에 구워서 식힌 벽돌로 눌러 둔다. 이것을 다육기 안에 두고, 절대 바람과 불 가까이 하지 않는다. 바람을 쏘이면 냉해지기 쉽고, 불을 가까이 하면 먼저 누렇게 변한다.

주해

주1 **盒** 뚜껑 있는 그릇으로 차를 담는 그릇이다.

주2 **罌** 술 단지, 술병으로, 술 담는 그릇이나 여기에서는 차를 담는 그릇을 말한다.

주3 **輕輕築實** 찻그릇에 차를 넣을 때는 찻잎이 부서지지 않도록 꼭꼭 누르지 않고 조심조심 가득 채운다. 혹은 가볍게 쌓아 채운다는 의미다. 명대는 잎차 시대이니 꾹꾹 눌러 담으면 찻잎이 부서지니 가볍게 쌓아 채워야 한다.

주4 **箬** 篛(대껍질 약) 자와 同字로 襯은 속옷을 뜻한다. '以箬襯緊'은 죽순껍질로 속옷을 입듯 감싼다는 의미다. 죽순껍질은 그 성질이 차가워 차와 잘 어울려 차의 저장에 많이 사용하였다.

• 茶宜蒻葉而畏香藥 喜溫燥而忌濕冷 故收藏之家 以蒻葉封裹入焙

中[차는 죽순껍질이나 부들 잎에는 맞고 향내 나는 약초들은 싫어한다. 건조하고 따뜻한 것을 좋아하고 차고 습한 것을 싫어한다. 그래서 수장하는 사람들은 죽순 껍질이나 부들 잎으로 잘 싸매어서 배로 안에 보관한다.] _ 蔡襄, 『茶錄』

주5 **紮** 감다, 묶다의 의미다. 緊도 묶다, 얽다로 같은 의미이다.

주6 **育** 차를 저장하는 다육기

• 育 - 以木制之 以竹編之 以紙糊之 中有隔 上有覆 下有床 傍有門 掩一扇 中置一器 貯煻煨火 令熅熅然 江南梅雨時 焚之以火(育者以其藏養爲名)[육(저장통)은 나무로 (틀을) 만들고 대나무로 엮어 종이로 바른다. 중간에 칸막이(선반)가 있고 위엔 덮개가 있으며 아래에는 받침이 있고 옆엔 문이 있다. 가운데에 그릇 하나를 두고 재 속에 숯불을 묻어두어 (그 안이) 훈훈하고 뽀송뽀송하게 한다. 江南地方(지금의 江西省, 湖北省 일대로 建昌, 洪州, 吉州, 袁州, 饒州 등지)에서는 梅雨가 내릴 때에는 불을 피워서 말린다.(저장통은 갈무리하여 양육한다는 뜻으로 만든 이름이다.)] _『茶經』〈二之具〉

주7 **臨風易冷** 바람에 쏘이면 차의 성질이 차갑게 바뀐다.

• 茶宜常飮 不宜多飮 常飮則心肺清涼 煩鬱頓釋 多飮則微傷脾腎或泄或寒 _『茶疏』〈宜節〉

주8 **近火先黃** 불을 가까이 하면 차가 산화되어 누렇게 변한다.

• 茶宜蒻葉而畏香藥 喜溫燥而忌冷濕 故收藏之家 先於淸明時收買蒻葉 揀其最青者 五焙極燥 以竹絲編之 每四片編爲一塊聽用 又買宜興新堅大罌 可容茶十斤以上者 洗淨焙乾聽用[차는 죽순껍질이나 부들 잎에는 맞고 향내 나는 약초들은 싫어한다. 건조하고

따뜻한 것을 좋아하고 차고 습한 것을 싫어한다. 그래서 수장하는 사람들은 미리 청명 때에 죽순껍질이나 부들 잎을 수매하여, 그 중에 가장 푸른 것을 골라 배로에 넣어 바싹 말려, 실같이 쪼개어 짜가지고 네 편씩 묶어 한 덩이씩 만들어 쓸 수 있도록 했다. (그리고) 또 의흥에서 새로 만든 차 열 근 이상 들어갈 만한 큰 항아리를 사서, 깨끗이 씻어서 배로에 넣어서 말려서 사용한다.] _ 屠隆,『茶說』

해설

예로부터 차의 보관은 차인들에게 대단히 중요한 것이었다. 아무리 좋은 차를 만들었다고 해도 보관을 잘못하면, 차가 가진 신(神)을 제대로 발현시킬 수 없게 된다. 먼저 사용하고 있는 합에 넣도록 한 것은, 새로 만든 그릇보다 잡스런 냄새가 없어 안전하기 때문이다. 종이로 잠깐 봉해 두는 것은 외부와의 습기나 향기 보존에 도움을 얻고, 약간의 공기와 교류가 이루어져서 차의 진성이 잘 회복되어 표출되도록 하기 위함이다.

차를 식혀서 넣는 것은 공기 중의 수분이 생기지 않도록 한 것이며, 항아리에 넣을 때도 찻잎에 손상이 가지 않게 가득 쌓아서, 빈 공간이 생기지 않도록 한 것이다. 죽순껍질이 성질이 차고 단 맛에 독성이 없기[性寒 味甘 無毒] 때문에 차에 잘 어울린다. 또 오래 보관해야 하는 차는 외부 공기와 닿으면 곧 산화되어 버리기 때문에, 수분기가 없는 벽돌을 얹어서 막았다.

5

火候 화후

烹茶旨要 火候爲先 爐火通紅
주1 주2
팽다지요 화후위선 노화통홍

茶瓢始上 扇起要輕疾
주3 주4
다표시상 선기요경질

待有聲稍稍重疾 斯文武之候也
대유성초초중질 사문무지후야

過于文則水性柔 柔則水爲茶降
주6 주7
과우문즉수성유 유즉수위다강

過于武則火性烈 烈則茶爲水制
주8
과우무즉화성열 열즉다위수제

皆不足於中和 非茶家要旨也
주9
개부족어중화 비다가요지야

교주

- 于 『만보전서』와 『다신전』 모두 '於'로 나와 있다.
- 水 『만보전서』와 『다신전』 모두 '水' 자가 빠져 있다.
- 茶 『다신전』에는 '烹' 자로 나와 있다.

원문 비교

『 다 록 』 烹茶旨要 火候爲先 爐火通紅 茶瓢始上 扇起要輕疾 待有聲稍稍重疾

『만보전서』 烹茶旨要 火候爲先 爐火通紅 茶瓢始上 扇起要輕疾 待有聲稍稍重疾

『 다 신 전 』 烹茶旨要 火候爲先 爐火通紅 茶瓢始上 扇起要輕疾 待有聲稍稍重疾

『 다 록 』 斯文武之候也 過于文則水性柔 柔則水爲茶降 過于武則火性烈

『만보전서』 斯文武之候也 過於文則水性柔 柔則○爲茶降 過于武則火性烈

『 다 신 전 』 斯文武之候也 過於文則水性柔 柔則○爲茶降 過于武則火性烈

『 다 록 』 烈則茶爲水制 皆不足於中和 非茶家要旨也

『만보전서』 烈則茶爲水制 皆不足於中和 非茶家要旨也

『 다 신 전 』 烈則茶爲水制 皆不足於中和 非烹家要旨也

번역

불 살피기

차 달이기 요령은 불 살피는 것이 우선이다. 풍로에 불이 붉게 타오르면 비로소 탕관을 올려놓고, 부채질을 가볍고 빠르게 한다. 물끓는 소리를 기다려 점점 세게 부채질 하는데, 이것을 문무화의 살핌이라 한다. 불이 약하면 물의 성질이 부드러워지고, 물이 부드러워지면 찻잎을 가라앉게 한다. 불이 지나치게 강하면, 너무 뜨거워서 차가 물을 제압한다. 이것은 모두 중화에 이르기 부족한 것이니, 차인으로서 차 달이는 요령이 아니다.

주해

주1 **烹茶** 차 달이기. 가루차는 點茶, 잎차는 烹茶 煮茶, 떡차는 煎茶라고 많이 사용하지만 실제로는 혼용하기도 한다.

주2 **火候** 불 살피기

주3 **瓢** 표주박, 구기, 바가지라는 의미다. 당나라 육우의 『茶經』〈四之器〉에 '瓢 一曰犧杓 剖瓠爲之 或刋木爲之 晉舍人杜毓荈賦云 酌之以匏 匏 瓢也'라고 하여 당나라 때는 표가 바가지였으나 명대는 茶瓢가 탕관으로 쓰였다. 『茶錄』의 〈茶具〉에도 '桑苧翁 煮茶 用銀瓢 謂過於奢侈 後用磁器 又不能持久 卒歸于銀 愚意銀者宜 貯朱樓華屋 若山齋茅舍 惟用錫瓢'라 하여 茶瓢가 탕관으로 쓰였다는 것을 알 수 있다.

주4 **輕疾** 輕은 가볍다 疾은 버릇, 병의 의미를 가지고 있다. '輕疾'은 부채를 가볍게 하는 모양이며 세게 하는 것은 '重疾'이라 한다.

주5 **文武之候** 文은 불기운이 약한 것을 말하고 武는 불기운이 강한 것을 말한다. 文武之候는 불기운이 강함과 부드러움을 살피는 것이니, 文武火(문무화)를 살핀다는 뜻으로 文武火候라고 한다.

• 火必以堅木炭爲上 然木性未盡 尙有餘煙 煙氣入湯 湯必無用 故先燒令紅 去其煙焰 兼取性力猛熾 水乃易沸 旣紅之後 乃授水器 仍急扇之 愈速愈妙 毋令停手 停過之後 寧棄而再烹[불은 반드시 단단한 나무로 만든 숯을 쓰는 것이 좋다. 그러나 나무의 성질이 다하지 않았으면(완전한 숯이 되기엔 좀 덜 탔으면), 아직 연기가 남게 되고, 그 연기가 탕에 들어가면 탕은 아주 쓸 수 없다. 따라서 먼저 붉게 태워서 연기가 섞인 불꽃을 없애고, 이어서 맹렬한 성질의 불을 얻으면, 물은 쉽게 끓는다. 이미 빨간 불꽃이 오르면 물그릇을 그 위에 올리고, 곧 부채질을 급히 하되, 좀 더 빠르고 조화롭게 하여, 손을 멈추지 말아야 한다. 탕을 끓여 멈추고 시간이 지난 후에는, 차라리 버리고 다시 끓인다.] _『茶疏』〈火候〉

주6 **於, 于** 모두 어조사다. 過于文, 過於文 모두 의미는 같다.

주7 **柔則水爲茶降** '물이 유약하면 물이 차를 가라앉히며'로 해석된다. 즉 불기운이 약하여 끓는 물의 기운도 약하니 탕수가 순숙이 되지 못하고 맹탕이 되어 차가 가라앉게 된다.

주8 **烈則茶爲水制** 불이 거세면 차가 물을 제압한다는 것은 물이 지나치게 뜨거워서 차가 너무 진하게 우려지는 것을 말한다.

• 候湯最難 未熟則沫浮 過熟則茶沈[탕수를 살피는 것이 가장 어려우니, 탕이 덜 끓으면 가루가 떠오르고, 지나치게 끓으면 차가 모두 가라앉는다.] _ 蔡襄,『茶錄』

• 不武不文火候 非絲非竹松聲[세지도 않고 약하지도 않은 알맞은 불에, 거문고도 아니고 피리도 아닌 솔 소리] _ 李粹光, 〈飮茶〉

주9 **茶家, 烹家** 모두 茶人을 의미한다.

• 有水有茶 不可無火 非無火也 有所宜也 人但知湯候 而不知火候 火燃則水乾 是試火先於試水也 呂氏春秋 伊尹 說湯五味 九沸九變 火爲之紀[물이 있고 차가 있으면 불이 있어야 한다. 불이 있으면 필요한 것은 다 있다. 사람들이 탕은 살필 줄 아는데 불을 살필 줄 모르니, 불이 타서 물이 마르면 이것은 불태우는 것이 물 끓임보다 먼저인 것이다. 『여씨춘추』에 이르기를 이윤이 다섯 가지 맛을 내도록 끓이는데 아홉 번씩이나 끓이면서 맛을 낸 것은 불을 기준으로 했다.] _ 田藝衡, 『煮泉小品』

해설

예전에는 물 끓이는 방법이 복잡하여 땔감, 탕기 등이 지금처럼 편리하지 못했기 때문에 아주 주의를 기울이지 않으면, 탕수를 잘못 끓여 차 맛을 제대로 내기가 어려웠다. 그래서 허준 같은 이는 『동의보감』에서 '탕약을 끓이는 것은 약을 끓인다기보다 물을 끓이는 것'이라고 할 정도였다.

물을 끓이는 데는 무엇보다 불의 세기를 알맞게 조절해야 하는 것이니, 찻잎의 상태에 맞추어서 문무화를 조절해야 했다. 먼저 물이 좋아야 하고, 정성을 쏟아야 정도에 알맞게 할 수 있고, 다신과 수체가 조화롭게 표출된다.

6

湯辨 탕변

湯有三大辨十五小辨 一曰形辨 二曰聲辨 三曰氣辨

주1

탕유삼대변 십오소변 일왈형변 이왈성변 삼왈기변

形爲內辨 聲爲外辨 氣爲捷辨

형위내변 성위외변 기위첩변

如蝦眼 蟹眼 魚眼 連珠 皆爲萌湯

주2 주3

여하안 해안 어안 연주 개위맹탕

直至湧沸如騰波鼓浪 水氣全消 方是純熟

주4 주5 주6

직지용비여등파고랑 수기전소 방시순숙

如初聲 轉聲 振聲 驟聲 皆爲萌湯 直至無聲

方是純熟 여초성 전성 진성 취성 개위맹탕 직지무성 방시순숙

주7

如氣浮一縷 二縷 三四縷 及縷亂不分 氤氳亂繞

주8

여기부일루 이루 삼사루 급루난불분 인온란요

皆爲萌湯 直至氣直沖貫 方是純熟

주9

개위맹탕 직지기직충관 방시순숙

교주

- **蝦 蟹** 『만보전서』와 『다신전』 두 곳 다 '蟹 蝦'가 '蟹 蝦'로 순서가 바뀌었다.
- **至** 『만보전서』와 『다신전』 모두 '如' 자로 나와 있다.
- **純** 『다신전』에는 '結' 자로 나와 있다.
- **浮** 『다신전』에는 '浮' 자가 '一縷 浮二縷'로 되어 있다.
- **及縷** 『만보전서』와 『다신전』 모두 '及縷' 자가 빠져 있다.
- **繞** 『만보전서』와 『다신전』 모두 '縷'로 나와 있다.
- **純** 『다신전』에는 '輕'으로 나와 있다.

원문 비교

『다 록』 湯有三大辨 十五小辨 一曰形辨 二曰聲辨 三曰氣辨 形爲內辨

『만보전서』 湯有三大辨 十五小辨 一曰形辨 二曰聲辨 三曰氣辨 形爲內辨

『다신전』 湯有三大辨 十五小辨 一曰形辨 二曰聲辨 三曰氣辨 形爲內辨

『다 록』 聲爲外辨 氣爲 捷辨 如蝦眼 蟹眼 魚眼 連珠 皆爲萌湯

『만보전서』 聲爲外辨 氣爲 捷辨 如蟹眼 蝦眼 魚眼 連珠 皆爲萌湯

『다신전』 聲爲外辨 氣爲 捷辨 如蟹眼 蝦眼 魚眼 連珠 皆爲萌湯

『다 록』 直至湧沸如騰波鼓浪 水氣全消 方是純熟 如初聲 轉聲 振聲 驟聲,

『만보전서』 直如湧沸如騰波鼓浪 水氣全消 方是純熟 如初聲 轉聲 振聲 驟聲,

『다신전』 直如湧沸如騰波鼓浪 水氣全消 方是純熟 如初聲 轉聲 振聲 驟聲,

『다 록』 皆爲萌湯 直至無聲 方是純熟 如氣浮一縷 二縷 三四縷 及縷亂不分

『만보전서』 皆爲萌湯 直至無聲 方是純熟 如氣浮一縷 二縷 三四縷 ○○亂不分

『다신전』 皆爲萌湯 直至無聲 方是結熟 如氣○一縷 浮二縷 三四縷 ○○亂不分

『다 록』 氤氳亂繞 皆爲萌湯 直至氣直沖貫 方是純熟

『만보전서』 氤氳亂縷 皆爲萌湯 直至氣直沖貫 方是純熟

『다신전』 氤氳亂縷 皆爲萌湯 直至氣直沖貫 方是輕熟

번역

물 끓음의 구분

물 끓이는 것은 세 가지의 큰 구분법과, 열다섯 가지의 작은 구분법이 있다. 첫째는 물이 끓는 모양으로 분별하고, 둘째는 물이 끓는 소리로 분별하고, 셋째는 물이 끓을 때 나오는 증기로 분별한다. 형변은 탕관 속을 보고 분별할 수 있고, 성변은 탕관 밖에서 소리를 듣고 분별할 수 있으며, 기변은 수증기를 보면 빠르게 분별할 수 있다.

(끓는 물이) 새우 눈, 게 눈, 고기 눈, 구슬이 연이어진 상태까지는 모두 맹탕이다. 물이 세찬 결을 일으키고 곧게 솟구쳐 오르며 끓게 되면 물의 기가 다 사라지니 이것이 순숙이다.

처음의 약한 소리, 바퀴 구르는 소리, 진동소리, 말 달리는 소리가 날 때까지는 모두 맹탕이고, 끓는 소리가 잦아질 때가 바로 순숙이다.

김이 한 줄기 실오리같이 오르다가 두 줄기 서너 줄기를 지나, 줄기를 구분할 수 없을 정도로 어지럽게 얽혀 올라도 다 맹탕이다. 곧 기운이 곧게 치솟아 가운데를 꿰뚫어 오르면 바야흐로 이것이 순숙이다.

주해

주1 **三大辨十五小辨** 육우의 『다경』 〈五之煮〉에서 세 단계로 구분했다.

- 其沸 如魚目微有聲 爲一沸 緣邊如湧泉連珠 爲二沸 騰波鼓浪 爲三沸 已上水老 不可食也[물이 끓을 때 고기 눈 같은 방울이 생기고 작은 소리가 나는 것이 일비이고, 가장자리가 샘솟듯 하고 구슬 줄이 솟으면 이비가 되고, 물결이 솟구치고 북 두드리는 소리가 나면 삼비가 된다. 이 이상 끓은 물은 노수여서 마시지 않는다.] ; 여기 나오는 魚目과 본문의 魚眼은 같은 말이다.

주2 **蝦眼 蟹眼 魚眼 連珠** 물이 끓을 때 일어나는 기포가 변하는 모양

주3 **萌湯** 물이 덜 끓었을 때를 말하는 것으로 순숙이 아니면 모두 맹탕이라 하였다. 땅속의 萌芽와 같이 끓는 물 기포가 싹이 올라오는 것같이 끓는 상태. 老水는 물을 너무 많이 끓였을 때를 말한다.

주4 **至** 如와 의미가 같다.

주5 **騰波鼓浪** 물이 솟구쳐 오르고 북 치듯 물이 끓는 상태. 물이 끓는 모양과 큰소리가 날 때를 말한다.

주6 **純熟** 맹탕도 아니고 너무 끓여서 노수도 아닌 잘 익은 물. 당대는 육우 『다경』에서 어목, 용천연주, 등파고랑의 삼비법으로 나누었다. 오대에는 소이의 『十六湯品』에서 물 끓이는 정도에 따라 잘 끓인 득일탕, 덜 끓인 영탕, 너무 끓인 백수탕으로 나누었다. 송대는 채양의 『다록』에서 당대 해안의 물을 老水라고 했다. 송 휘종의 『大觀茶論』에서는 어목, 해안이 생길 때가 적당하다고 하였다. 명대 허차서의 『茶疏』에서는 순숙을 지나친 물이라고 하였다. 전예형의 『煮泉小品』에서는 꽃모양의 물거품이 생길 때가 알맞은 상태라고 하였다.

- 凡用湯以魚目蟹眼連繹迸躍爲度[무릇 탕수는 고기 눈 게 눈이 계속해 올라오며 끓으면 쓰기에 맞다.] _ 趙佶, 『大觀茶論』
- 凡茶 須緩火炙 活火煎 活火 謂炭火之有焰者 以其去餘薪之煙 雜穢之氣 且使湯無妄沸 庶可養茶 始如魚目微有聲 爲一沸 緣邊湧泉連珠 爲二沸 奔濤濺沫 爲三沸 三沸之法 非活火不成 如坡翁云 '蟹眼已過魚眼生 颼颼欲作松風鳴' 盡之矣 若薪火方交 水釜纔熾 急取旋傾 水氣未消 謂之嫩 若火過百息 水逾十沸 或以話阻事廢

始取用之 湯已失性 謂之老 老與嫩皆非也[모든 차는 따뜻한 불에 굽고 활화에 달인다. 활화란 숯불에 불꽃이 있는 것이니, 그 안에 타는 연기와 다른 기운이 섞이지 않아야 한다. 또 탕을 함부로 막 끓이지만 않으면, 대개 제대로 된 차탕을 얻을 수 있다. 물이 처음 끓을 때 고기 눈 같은 방울이 생기고 작은 소리가 나는 것이 일비이고, 가장자리가 샘솟듯 하고 구슬을 꿴 줄이 솟으면 이비가 되고, 물결이 솟구치고 북 두드리는 소리가 나면 삼비가 된다. 삼비의 법은 활화가 아니면 이룰 수가 없다. 소동파가 이른 '게 눈이 지나면 고기 눈이 생기고, 수수하는 솔바람 소리 들리네'는 이를 잘 말한 것이다. 만약 섶을 태워서 금방 솥물을 데워서 빨리 저으면, 물의 냄새가 다하지 않아서 아직 어린 물이라 한다. 만약 불을 때면서 자주 쉬고 물은 여러 번 끓거나, 혹 사람들과 말하느라고 전심하지 못하고서, 그 물을 쓰려고 하면 탕수가 이미 물의 본바탕을 잃어버려서 쇠한 물이다. 이렇게 너무 끓여도 안 되고 덜 끓여도 안 된다.] _ 屠隆(明), 『考槃餘事』〈茶說〉

주7 **純熟** 『茶神傳』에는 '結熟'이라 하였다. 물 살피기는 어렵다고 하였다.

- 蔡君謨云 烹時之法 候湯最難 故茶須緩火炙 活火煎 活火爲炭火之有焰者 當使湯無妄沸 庶可養茶 始則魚目散布 微微有聲 旣則四邊泉湧 纍纍連珠終則騰波鼓浪 水氣全消 謂之老湯' 三沸之法非活火不能成也[채양이 이르기를 '차를 끓이는 법도 중에는 탕을 살피는 것이 가장 어렵다'고 했다. 차는 따뜻한 불에 굽고 활화에 달인다. 활화란 숯불에 불꽃이 있는 것이다. 탕을 함부로 막 끓이지만 않으면, 대개 제대로 된 차탕을 얻을 수 있다. 처음

엔 고기 눈 같은 물방울이 여기저기 생기고 낮은 소리가 나다가, 점점 사방의 물이 솟고 구슬을 꿴 줄들이 올라오게 되고, 결국에는 물결이 심하게 솟구치고 북치는 소리가 들리면 수기가 다해서 노탕이 된다. 삼비의 법은 활화가 아니면 이룰 수가 없다.] _ 張謙德(明), 『茶經』〈候湯〉

• 모두들 어렵다고 말한 候湯을 초의는 結熟이라 하여 물이 완전히 끓여진 상태를 표현하려 했던 것 같다.

주8 氤氳 기운성할 인(氤), 기운성할 온(氳)으로 인온은 기운이 성성함을 말한다. 繞는 얽히다, 縷는 실 가닥으로 수증기가 어지럽게 흩어지는 모양을 표현하므로 의미는 같다.

주9 순숙을 결숙이라 하고, 또 경숙이라 표현한 초의의 의도가 있을 것이다.

• 水一入銚 便須急煮 候有松聲 卽去蓋 以消息其老嫩. 蟹眼之後 水有微濤 是爲當時 大濤鼎沸 旋至無聲 是爲過時 過則湯老而香散 決不堪用[물을 한 번 솥에 들이면, 곧 바로 급히 끓여야 한다. 살피다가 솔바람 소리가 나면, 곧 뚜껑을 열고 물이 아직 미숙한지 쇠했는지를 가늠한다. 게 눈 같은 물방울이 생긴 다음, 탕수에 작은 물결이 일면, 그 때가 가장 적당한 때이다. 큰 물결을 일으키며 솥에서 끓다가 소리가 없어지면, 그 때는 지나친 물[쇠해진 물]이다. 지나치면 탕이 쇠해져서 향기가 흩어지므로 결코 쓸 수 없는 물이다.] _ 許次紓(明), 『茶疏』

• 始則魚目散布 微微有聲 中則四邊泉湧 累累連珠 終則騰波鼓浪 水氣全消 謂之老湯 三沸之法 非活火不能成也[처음엔 고기 눈 같은 물방울이 여기저기 생기고 낮은 소리가 나다가, 조금 지나면

사방의 물이 솟고 구슬을 꿴 줄들이 올라오게 되고, 결국에는 물결이 심하게 솟구치고 북치는 소리가 들리면, 수기가 다해서 노탕이 된다. 삼비의 법은 활화가 아니면 이룰 수가 없다.] _ 錢椿年(明), 『茶譜』

- 湯者茶之司命也 故湯最重[탕은 차에서 중요한 역할을 하는 것이니, 탕이 가장 중요한 것이다.] _ 蘇廙(唐), 『十六湯品』
- 候湯最難 未熟則沫浮 過熟則茶沉 前世謂之蟹眼者 過熟湯也 況瓶中煮之不可辨 故曰候湯最難[탕수를 살피는 것이 가장 어려우니, 탕이 덜 끓으면 가루가 떠오르고, 지나치게 끓으면 차가 모두 가라앉는다. 전대에 말한 게 눈이 생긴 것은 이미 너무 끓인 탕이다. 하물며 병(탕관) 속에서 끓는 탕을 볼 수도 없으니, 그래서 탕을 살피는 것이 가장 어려웠다.] _ 蔡襄(宋), 『茶錄』
- 余同年友李南金云『茶經』以魚目 涌泉連珠爲煮水之節 然近世瀹茶 鮮以鼎鍑 用甁煮水 難以候視 則當以聲辨一沸二沸三沸之節 又陸氏之法 以末就茶鍑 故以第二沸爲合量而下末 若今以湯就茶甌瀹之 則當用背二涉三之際爲合量也 乃爲聲辨之詩曰 '砌蟲喞喞萬蟬催 忽有千車捆載來 聽得松風幷澗水 急呼縹色綠磁杯' 其論固已精矣 然瀹茶之法 湯欲嫩而不欲老 蓋湯嫩則茶味甘老則過苦矣 若聲如松風澗水而遽瀹之 豈不過於老而苦哉 惟移甁去火 少待其沸止而瀹之 然後湯適中而茶味甘 此南金之所未講也 因補一詩云 '松風桂雨到來初 急引銅甁離竹爐 待得聲聞俱寂後 一甌春雪勝醍醐'[내 동년배인 이남금이 말하기를 "『다경』에서 고기 눈이 생겨 구슬을 꿴 줄이 올라오는 것은 물이 끓는 차례다. 그러나 요사이 차를 끓일 때 솥을 사용하는 일은 드물고, 탕병에 물을

끓이니 들여다보기가 어렵다. 그래서 곧 소리로 일비 이비 삼비의 차례를 구분한다. 또 육우의 방법은 아직 차솥이 없었으므로, 이비 때에 물을 합하고 차 가루를 넣었다. 지금같이 다구에 차를 탄다면 이비에서 삼비로 갈 즈음의 물을 합해서 사용한다. 소리로 구분하는 시(詩)에 '섬돌에 벌레 소리와 수많은 매미까지 소리 지르니, 홀연히 수많은 수레 달려오는 소리같구나. 솔바람 소리와 개울물 소리까지 들리니, 재빨리 잔 가져오라 해서 푸른 잔에 마시네'"라고 했다. 그 이론이 자못 정교하나, 차를 끓이는 법이 탕수를 지나치게 끓이는 것보다는 약간 못 미치는 것이 낫다. 대개 좀 모자라는 물은 차 맛이 달고, 지나친 물은 차 맛이 쓰다. 차를 끓일 때 그 소리가 솔바람 소리에 냇물 소리까지 난다면, 그것이 어찌 너무 끓이는 것이 아니겠는가? 오직 탕병을 불에서 옮겨서 조금 기다린 다음에 차를 타면 적당하여 차 맛이 달다. 이것은 아직 남금이 말하지 않은 바이다. 여기에 도움을 주는 시가 있으니, '솔바람 일고 계수나무에 빗소리 처음 날 때, 빨리 구리 탕병을 죽로에서 옮겨서, 그 소리 잠잠해진 다음에, 한 사발의 춘설은 제호보다 낫구려.'라 하였다.] _ 羅大經(宋), 『鶴林玉露』

• 煮茶非漫浪 要須其人與茶品相得 故其法每傳于高流隱逸 有烟霞泉石磊魂於胸次間者[차를 끓이는 것은 적당히 느슨하게 할 것이 아니니, 그 사람과 다품이 서로에게 영향을 준다. 그래서 그 끓이는 법이 고아한 부류의 은일자들과 자연 속에 묻혀 살며 마음이 드넓은 사람들 사이에 전한다.] _ 〈徐渭〉(明), 『煎茶七類』 劍掃

해설

차와 물이 만나 차의 신(神)을 유감없이 표출하려면, 두 가지가 다 모자람이 없이 좋아야 한다. 또 이 둘이 모자람이 없다고 하더라도 끓이는 이가 정성을 다해야 한다. 특히 여기서는 물이 끓는 단계를 세분하여, 우리가 알기 쉽게 설명했다. 고전 다서 중에 아마도 이렇게 자세히 물 끓음을 설명한 기록은 아직 보지 못했다. 그것도 세 분야로 나누어서 그 하나를 다시 다섯씩으로 구분하였으니, 그의 차에 관한 기호의 깊이를 짐작할 만하다.

여기서는 산차를 우리는 탕을 살피는 것이기에, 당대나 송대의 이론과는 다른 것이 당연하다. 그러나 같은 산차라 하더라도 지방과 시대, 개인과 차종에 따라서도 그 내용이 다를 수 있다. 지금 우리가 탕을 끓일 때, 반드시 오비(五沸)까지 끓여서 다시 식힌 후에 차를 우리는데, 그것이 정말 올바른 방법인지 다시 한 번 생각해 보아야 한다. 위에 인용된 송대나 명대의 저술에서도 이비에서 삼비로 가려는 즈음이 가장 좋은 적기(適期)라고 하지 않았는가?

흔히 잘 끓이지 않으면 수기(水氣)가 없어지지 않아서 물비린내가 난다고 한다. 끓이지 않으면 물비린내가 나는 물은 사실 차탕으로 적당하지 못한 좋지 않은 물이다. 좋은 물은 무색무취여서 끓이는 정도에 따라 냄새가 달라지지도 않고 언제나 순수하다. 그리고 수기란 다른 뜻으로 물이 가진 기운 즉 기(氣)라는 뜻으로도 쓰인다. 그러니 우주 만물에 기가 없는 것이 없는데, 물의 기운도 살아 있는 상태로 우리가 섭취하는 것이, 기가 죽은 물을 섭취하는 것보다 좋다. 옛사람들이 노수(老水)라고 하는 것은 바로 이 기가 죽은 물을 말한다.

이렇게 본다면 포다를 위한 탕수는 이비나 삼비의 상태에서 바로 차와 만나야, 양쪽에 모두 아무 손상 없이 다신을 제대로 표출시킬 수 있다고 생각된다. 물론 제다 방법이 다른 특별한 것은 더 높은 온도에서 우릴 수도 있다. 그러나 팔팔 끓였다가 도로 식혀서 우린다는 것은 다시 한 번 생각해 볼 일이다. 이 같은 생각은 허차서의 『다소』에서도 분명하게 지적하고 있다.

7

湯用老嫩 탕용노눈

蔡君謨 湯用嫩而不用老 蓋因古人製茶
주1 주2
채군모 탕용눈이불용노 개인고인제다

造則必碾 碾則必磨 磨則必羅
주3
조즉필연 연즉필마 마즉필라

則茶爲瓢塵飛粉矣 于是和劑 印作龍鳳團
주4 주5
즉다위표진비분의 우시화제 인작용봉단

則見湯而茶神便浮 此用嫩而不用老也
주6
즉견탕이다신편부 차용눈이불용노야

今時製茶 不假羅磨 全具元體 此湯須純熟
주7 주8
금시제다 불가라마 전구원체 차탕수순숙

元神始發也 故曰湯須五沸 茶奏三奇
주9 주10
원신시발야 고왈탕수오비 다주삼기

교주

- 茶 『만보전서』와 『다신전』 모두 '味' 자로 나와 있다.
- 于 『만보전서』와 『다신전』 모두 '於' 자로 나와 있다.

• 鳳 『다신전』에는 '鳳' 자가 빠져 있다.
• 便 『다신전』에는 '硬' 자로 나와 있다.
• 而 『다신전』에는 '血' 자로 나와 있다.
• 磨 『만보전서』와 『다신전』 모두 '碾' 자로 나와 있다.
• 元 『茶神』에는 '天' 자로 나와 있다.

원문 비교

『다록』 蔡君謨 湯用嫩而不用老 蓋因古人製茶 造則必碾 碾則必磨 磨則必羅

『만보전서』 蔡君謨 湯用嫩而不用老 蓋因古人製茶 造則必碾 碾則必磨 磨則必羅

『다신전』 蔡君謨 湯用嫩而不用老 蓋因古人製茶 造則必碾 碾則必磨 磨則必羅

『다록』 則茶爲飄塵飛粉矣 于是和劑 印作龍鳳團 則見湯而茶神便浮

『만보전서』 則味爲飄塵飛粉矣 于於和劑 印作龍鳳團 則見湯而茶神便浮

『다신전』 則味爲飄塵飛粉矣 于於和劑 印作龍○團 則見湯而茶神硬浮

『다 록』 此用嫩而不用老也 今時製茶 不假羅磨 全具元體 此湯須純熟

『만보전서』 此用嫩而不用老也 今時製茶 不假羅碾 全具元體 此湯須純熟

『다신전』 此用嫩血不用老也 今時製茶 不假羅碾 全具无體 此湯須純熟

『다 록』 元神始發也 故曰 湯須五沸 茶奏三奇

『만보전서』 元神始發也 故曰 湯須五沸 茶奏三奇

『다신전』 元神始發也 故曰 湯須五沸 茶奏三奇

번역

탕에서 노수와 눈수

채군모는 눈탕[적정 수준에 약간 모자라는 탕수]은 쓰되, 노탕[적정 수준보다 지나친 탕수]은 쓰지 않았다. 대개 옛사람들이 차를 만들 때는 반드시 연에서 부수고, 부쉈으면 반드시 맷돌에 갈고, 간 다음에는 반드시 체로 쳤으니, [체로 치면] 보드라운 가루가 드날린다. 여기에 향[용뇌향이나 매괴향 등]을 섞어 용 · 봉 무늬를 찍어 덩이차를 만들면, 탕으로 격불했을 때 다신이 곧장 떠오른다. 이것이 '눈'탕을 쓰고 '노'탕을 쓰지 않았기 때문이다. 지금의 차 만드는 법은 체와 맷돌을 사용하지 않고, 본래의 모습이 온전히 갖추어진 그대로의 찻잎을 갖추도록 한다. 이때 탕수는 모름지기 순숙에 이르러야 본래의 다신[차의 신묘한 기운]이 피어날 수 있다. 그러므로 탕은 모름지기 오단계로 끓여야 차의 삼기[향, 색, 미]가 나타난다.

주해

주1 **蔡君謨** 蔡襄(1012~1067)의 字이다. 그의 시호는 충혜(忠惠)이며 풍류객으로서도 유명하다. 1030년 인종(仁宗) 때에 진사에 합격, 한림학사(翰林學士)·삼사사(三司使)·항저우지사[杭州知事] 등을 역임하였으며, 인종 ·영종조의 명신이었다. 또한 문학적 재능에도 뛰어났으며, 특히 서(書)에 있어서는 송대능서(宋代能書)의 필두에 거론되어 소식(蘇軾)·황정견(黃庭堅)·미불(米芾)과 더불어 송나라의 4대가로 꼽힐 정도였다. 처음에는 왕희지(王羲之) 풍의 서를 잘 썼으나, 후에는 안진경(顏眞卿)의 서를 배워 골력(骨力) 있는 독자적 서풍을 이루었다. 진(眞, 楷)·행(行)·초(草)·예(隷)의 각 체(體) 및 비백체(飛白體)에 이르기까지 교묘한 솜씨를 발휘하였다 한다. 저서로『다록(茶錄)』,『여지보(荔枝譜)』,『채충혜공집(蔡忠惠公集)』등이 있다.

주2 **嫩而不用老** 嫩(어릴 눈)은 어리다로 표현되지만 여기서는 너무 끓여 물의 기가 완전히 죽은 지쳐버린 노수가 아니고, 아직 약간 덜 끓은 물이라는 표현이다. 당나라 소이의『십육탕품』에 '湯者茶之司命 若名茶而濫湯 則與凡末同調矣'라고 하여 물 끓임의 중요성을 말하고 있다.

주3 **碾, 磨, 羅** 碾(연)은 절구나 약연처럼 차를 부수고 가는 茶碾(차연)을 말한다. 磨(마)는 갈다, 문지르다, 맷돌의 뜻이다. 羅(라)

는 가루차를 치는 체를 말한다. 즉 碾은 덩이차를 부수는 것이고, 磨는 일차로 부수어진 차를 맷돌에 갈아 가루 내는 것이고, 羅는 맷돌에 간 차를 체에 치는 것이다.

주4 **和劑** 약을 조제하듯이 차에 다른 것을 넣어서 서로 상충되지 않게 함. ① 藥和劑로 약을 짓기 위하여 약 이름과 분량을 적은 종이 ② 경락(経絡)의 기혈(氣血)을 고르게 하고 속을 편안하게 하기 위하여, 약들이 서로 상충되지 않게 하는 조제

주5 **龍鳳團** 용 무늬 떡차와 봉황 무늬 떡차로, 앞뒷면에 금은의 문양을 찍었기 때문에 생긴 이름이다. 宋나라 北苑의 貢茶所에서 황제에게 진상한 御用茶다. 용봉차에 대한 기록은 『선화북원공다록』에 '聖朝開寶末 下南唐 太平興國初 特置龍鳳模 遣使卽北苑造團茶 以別庶飮 龍鳳茶蓋始于此'라 하여 용봉차가 처음 만들어진 시기를 말하고 있다. 또 이어서 『선화북원공다록』에 '蓋龍鳳等茶 皆太宗朝所制 至咸平初 丁晉公漕閩 始載之於 『茶錄』 慶歷中 蔡君謨將漕 創造小龍團以進 被旨仍歲貢之'라고 하여, 채군모가 용봉단을 만들었다는 기록이 있다.

주6 **茶神** 정성들여 정교하게 만든 차와 좋은 물과 불을 잘 살펴 우려낸 차의 三妙를 말한다. 곧 차에서 참다운 色香氣味를 총칭한다. 도융의 『考槃餘事』 〈人品〉편에 '鬻茶者 至陶其形置煬突間 祀爲茶神 可謂尊崇之極矣 ; 차를 파는 사람들이 陶器로 육우의 型을 만들어 부엌 굴뚝 옆에 놓고 茶神으로 섬긴 것은 존경과 숭배의 지극함이라 할 수 있다'고 하였다.

주7 **製茶, 造茶** 지을 제(製) 는 製絲, 製糖 등 원료를 정리 정제하는 것이고, 만들 조(造)는 조물, 조선, 조화 등 원료와는 다른 형태의

물건을 만든다는 뜻이다. 가루차나 떡차는 조다(造茶), 잎차는 제다(製茶)이다. 또 두 가지를 다 製茶라고 할 수 있다.

주8 **元體** 원래의 몸, 즉 찻잎을 가리킨다.

주9 **元神** 원래의 다신, 즉 원체로 우려낸 삼묘(三妙)가 갖추어진 차를 말한다.

주10 **三奇** 眞色, 眞香, 眞味를 말한다. 三妙와도 같이 쓰인다.

해설

여기서 필자가 채군모의 예를 든 것은 아주 적절하다고 할 수는 없다. 왜냐하면 채군모는 송대의 차인이기 때문에 낮은 온도의 물로 연고차의 가루를 격불해야 했다. 하지만 필자는 명대의 산차를 우려야 하기 때문에 탕수의 조건이 약간 다를 수 있다. 그런데도 송대의 예를 든 것은 시대가 지난 필자의 시대에는 송대와 다르다는 것을 대조적으로 설명하기 위한 것이다.

어떻든 앞 장에서 피력했듯이 꼭 오비순숙탕이어야 한다는 장원의 주장도 일부에서는 비판 받고 있는 것도 사실이다. 어쩌면 끓이거나 타서 마실 때는 차가 가진 모든 것이 다탕에 녹아 있어서 우리가 많은 것을 섭취했는데, 잎차를 우려 마시는 데는 탕의 온도가 낮으면 잎 속의 것들이 다 발현되지 않을 것 같다고 생각될 수도 있다. 그렇지만 우리가 차를 마실 때 중요하게 생각하는 것은 색향기미를 주로 하기 때문에, 찻잎 안에 있는 많은 성분을 다 우려내어 섭취하려고는 하지 않는다. 장원 자신은 여기서 탕이 뜨거울 때 넣는지, 또는 조금 식혀서 넣는지에 관해서 언급하지 않았다. 그런데 지금에는 오비의 상태에서 차와 만나는 것이 아니고, 식혀서 만나게 되니 그 또한 논의의 대상이다.

8

泡法 포법

探湯純熟 便取起 先注少許壺中 祛蕩冷氣傾出
주1 주2
탐탕순숙 변취기 선주소허호중 거탕랭기경출

然後投茶 茶多寡宜酌 不可過中失正
연후투다 다다과의작 불가과중실정

茶重則味苦香沈 水勝則包淸氣寡 兩壺後
주3
다중즉미고향침 수승즉포청기과 양호후

又用冷水蕩滌 使壺凉潔 不則減香茶矣
우용랭수탕척 사호량결 부즉감향다의

罐熟則茶神不健 壺淸則水性常靈
주4
관숙즉다신불건 호청즉수성상령

稍俟茶水冲和 然後分釃布飮 釃不宜早
주5
초사다수충화 연후분시포음 시불의조

飮不宜遲 早則茶神未發 遲則妙馥先消
주6
음불의지 조즉다신미발 지즉묘복선소

교주

- **茶** 『다신전』에는 '葉'으로 나와 있다.
- **沈** 『다신전』에는 '況'으로 나와 있다.
- **包** 『만보전서』와 『다신전』 모두 '色' 자로 나와 있다.
- **氣** 『만보전서』와 『다신전』 모두 '味' 자로 나와 있다.
- **熟** 『만보전서』에는 '熱' 자로 나와 있다.
- **則** 『다신전』에는 '則' 자가 빠져 있다.
- **常** 『다신전』에는 '當' 자로 나와 있다.
- **分** 『만보전서』에는 '令'으로 『다신전』에는 '冷'으로 나와 있다.

원문 비교

『 다 록 』 探湯純熟 便取起 先注少許壺中 祛蕩冷氣傾出 然後投茶 茶多寡宜酌

『만보전서』 探湯純熟 便取起 先注少許壺中 祛蕩冷氣傾出 然後投茶 茶多寡宜酌

『 다 신 전 』 探湯純熟 便取起 先注少許壺中 祛蕩冷氣傾出 然後投茶 葉多寡宜酌

『 다 록 』 不可過中失正 茶重則味苦香沈 水勝則包清氣寡 兩壺後 又用冷水蕩滌

『만보전서』 不可過中失正 茶重則味苦香沈 水勝則色清味寡 兩壺後 又用冷水蕩滌

『 다 신 전 』 不可過中失正 茶重則味苦香況 水勝則色清味寡 兩壺後

又用冷水蕩滌

『다 록』 使壺涼潔　不則減茶香矣　罐熟則茶神不健　壺淸則水性常靈　稍俟茶水

『만보전서』 使壺涼潔　不則減茶香矣　罐熱則茶神不健　壺淸則水性常靈　稍俟茶水

『다신전』 使壺涼潔　不則減茶香矣　罐熟則茶神不健　壺淸○水性當靈　稍俟茶水

『다 록』 沖和　然後分釃布飮　釃不宜早　飮不宜遲　早則茶神未發遲則妙馥先消

『만보전서』 沖和　然後冷釃布飮　釃不宜早　飮不宜遲　早則茶神未發遲則妙馥先消

『다신전』 沖和　然後冷釃布飮　釃不宜早　飮不宜遲　早則茶神未發遲則妙馥先消

번역

차를 우리는 법

탕을 살펴 순숙에 이르렀으면 곧 들어내고 먼저 다관에 조금 따라서 다관의 냉기를 씻어 가셔낸 후에 차를 넣는다. 차의 많고 적음을 알맞게 대중하여, 중정을 잃지 말아야 한다. 차가 많으면 맛이 쓰고 향은 가라앉으며, 물이 많으면 찻물은 맑으나 기가 부족하다. 두 번 다호를 사용하고 다시 쓰려면 냉수로 씻어 서늘하고 깨끗하게 해야하니, 그렇지 않으면 차 향기가 감소한다. 다호가 뜨거우면 먼저 우려 마신 차의 여훈(餘薰)이 남아서 다신의 발현에 좋지 않고, 다관이 깨끗하게 식은 상태라야 물의 성질이 늘 신령스럽다. 조금 기다려 차와 물이 화합한 연후 걸러서 나누어 마신다. 너무 빨리 거르거나 너무 늦게 마시면 좋지 않다. 빨리 거르면 다신이 피어나지 않고, 늦게 마시면 신묘한 향이 먼저 소멸된다.

주해

주1 **壺** 병. 이 문장에서는 茶壺 또는 茶罐을 말한다.

주2 **祛蕩** 祛는 떨어 없애다, 蕩은 쓸어버리다, 씻어버리다, 흐르게 하다의 뜻이다. 이 문장의 祛蕩冷氣는 냉기를 씻어버린다는 의미로 쓰였으므로 蕩을 쓰나, 『다신전』에는 蕩(씻어버릴 탕), 『동다송』에는 盪(씻을 탕) 자로 쓰였다. 의미는 다 같다.

주3 **兩壺** 兩은 '두 번'의 의미로, 두 번 차를 우려내는 것을 말한다.

- 一壺之茶 只堪再巡 初巡鮮美 再則甘醇 三巡意慾盡矣 _ 許次紓, 『茶疏』

  [한 호(壺)의 차는 두 순배가 알맞다(두 번 우려 마시는 것이 알맞다].) 첫 순배는 신선하여 아름답고, 두 순배의 것은 달고 순하나, 세 순배는 마시고 싶지 않다.]

- 又用冷水蕩滌 使壺涼潔 不則減香茶矣[찬물로 깨끗이 씻어야 다관이 다시 중정의 상태가 되어 앞에 우린 차의 영향이 남지 않는다.] ; 다시 말하면 새로운 차를 우릴 때는 관이 깨끗한 상태로 씻겨져서 앞에 우린 차의 영향을 조금도 받지 않아야 한다는 것

을 강조한 것이다.

- 湯銚甌注 最宜燥潔 每日晨興必以沸湯蕩滌 再巡之後 淸水滌之爲佳[탕을 끓이는 솥과 찻사발은 제일 깨끗해야 하니, 매일 이른 새벽에 일어나 끓는 물로 씻어내고, 두 번 돌린 다음에는 맑은 물로 씻는 것이 좋다.] _ 許次紓, 『茶疏』
- 凡烹茶 先以熟湯洗茶 去塵垢俟冷氣 烹之則美[무릇 차를 끓일 때는 먼저 끓인 물로 차를 씻어서 더러운 먼지를 없앤 다음에 식혀서 우려내면 좋다.] _ 屠隆(明), 『考槃餘事』
- 先握茶手中 俟湯旣入壺 隨手投茶湯 以蓋覆定 三呼吸時 次滿傾盂內 重投壺內 用以動盪 香韻兼色不沈滯 更三呼吸頃 以定其浮薄 然後瀉以供客[먼저 차를 손에 쥐고 탕을 차호에 붓기를 기다려, 곧 이어서 차를 호에 넣는다. 그리고 뚜껑을 덮는다. 세 번 숨 쉬는 정도 다음에 가득 기울였다가, 다시 차호 안에 붓는다. 이렇게 탕을 흔들면 향기로운 운치와 아울러 색깔이 가라앉지 않는다. 다시 세 번 숨 쉬는 정도가 되면 가볍게 떠 있던 찻잎들이 가라앉게 된다.] _ 許次紓, 『茶疏

주4 **罐熟** 罐은 항아리, 茶罐을 의미한다. 茶壺와 같다. 熟이 『만보전서』에는 '熱'자로 나와 있다. 하지만 뜻은 통한다.

주5 **分釃布飮** 명대는 다호에 거름망이 없기 때문에 우린 차를 천에 걸러 마신 것이다. 分釃布飮은 걸러서 나누어 마신다, 令釃布飮은 걸러서 나누어 마시면 좋다, 冷釃布飮은 식으면 걸러서 나누어 마신다의 의미다. 分, 令, 冷 모두 나누어 마신다는 의미로 쓰였다.

주6 妙馥 차의 신비한 향기

해설

시대가 달라서 용어가 지금과는 다르다. 호(壺)와 탕관(湯罐)도 시대와 지역에 따라 그 개념이 중복되거나 다르게 사용되기도 했다. 중정이라는 말의 개념도 형이상적인 것에서 형이하적인 것으로 두루 사용되었고, 수성상령의 개념은 탕수를 끓일 때 우리가 무엇을 주의해야 할 것인가를 잘 설명하고 있다. 그리고 시(釃)라는 말로 당시에는 관에 거름망이 없었던 것을 알 수 있다. 무엇보다 수성(水性)과 다신(茶神)의 관계를 명확히 설정하고, 상호 관계를 잘 연결시켜 기술했다.

9

投茶 투다

投茶有序 毋使其宜 先茶後湯 曰下投

투다유서[주1] 무사기의 선다후탕 왈하투

湯半下茶 復以湯滿 曰中投 先湯後茶 曰上投

탕반하다 부이탕만 왈중투 선탕후다 왈상투

春秋中投 夏上投 冬下投

춘추중투 하상투 동하투

교주

- **有** 『다신전』에는 '行'으로 나와 있다.
- **使** 『만보전서』와 『다신전』 모두 '失' 자로 나와 있다.
- **後湯** 『다신전』에는 '湯後'로 나와 있다.

원문 비교

『 다 록 』 投茶有序 毋使其宜 先茶後湯 曰下投 湯半下茶 復以湯滿

『만보전서』 投茶有序 毋失其宜 先茶後湯 曰下投 湯半下茶 復以湯滿

『 다 신 전 』 投茶行序 毋失其宜 先茶湯後 曰下投 湯半下茶 復以湯滿

『 다 록 』 曰中投 先湯後茶 曰上投 春秋中投 夏上投 冬下投

『만보전서』 曰中投 先湯後茶 曰上投 春秋中投 夏上投 冬下投

『 다 신 전 』 曰中投 先湯後茶 曰上投 春秋中投 夏上投 冬下投

번역

차 넣기

차를 넣을 때에도 순서가 있으니 그 마땅함을 잃지 않아야 한다. 차를 먼저 넣고 다음에 탕을 부으면 하투라 한다. 탕을 반 붓고 차를 넣은 다음 다시 탕을 부으면 중투라 한다. 탕을 먼저 붓고 다음에 차를 넣으면 상투라 한다. 봄가을에는 중투, 여름에는 상투, 겨울에는 하투를 한다.

주해

주1 **投茶** 찻주전자에 차를 넣는 방법으로 명대는 숙우가 없었기 때

문에 더운 여름에는 차호에 물을 먼저 넣고 차를 넣어 물이 식으면서 차가 우러나기를 기다리고, 겨울은 날씨가 추워 찻잎을 먼저 넣고 뜨거운 물을 부어 차가 잘 우려지게 했다. 물을 붓는 순서에 따라 상하로 나눈다. 그런데 중투는 물을 붓고 차를 넣고 다시 물을 붓는 것으로 상하투와 다르다. 중투라면 차를 반 넣고 물을 붓고 다시 나머지 차를 넣어야 하는데 이는 다르다. 계절에 따라 우리는 법이 다른 것은 물의 온도를 일정하게 하려는 의도로 보인다.

해설

차가 워낙 고결하고 섬세하기 때문에 그 온도의 차이가 약간만 맞지 않아도, 다신에 바로 영향을 주기 때문에 상하투가 생긴 것이다. 이때 물의 온도는 같고 다만 시간만 다르기 때문에 가능한 것이지, 만약 물의 온도가 다르다면 전혀 논리가 서지 않는다. 이만큼 고급스런 음료는 제작에서부터 음용에 이르기 까지 까다롭고 주의해야 할 점도 많은 것이다.

이는 하필 차뿐만 아니라 모든 우리의 고급스런 음식에서도 같은 이치가 적용된다. 원래 동양의 음식문화란 음양의 이치를 바탕으로 하고 있기 때문에, 냉온(冷溫), 강유(剛柔), 건습(乾濕), 산해(山海), 청탁(淸濁) 등등의 상반된 것들이 음식에서 여러 조리법으로 재탄생하여 우리 몸에 이롭게 만들어지고 있다. 이는 동양의 음양교체의 자연섭리에 맞도록 한 것이다.

10

飮茶 음다

飮茶以客少爲貴 客重則喧 喧則雅趣乏矣

음다이객소위귀 객중즉훤 훤즉아취핍의

獨啜[주3]曰神[주4] 二客曰勝[주5] 三四曰趣[주6] 五六曰泛[주7] 七八曰施[주8]

독철왈신 이객왈승 삼사왈취 오육왈범 칠팔왈시

원문 비교

『다록』 飮茶以客少爲貴 客衆則喧 喧則雅趣乏矣 獨啜曰神

『만보전서』 飮茶以客少爲貴 客衆則喧 喧則雅趣乏矣 獨啜曰神

『다신전』 飮茶以客少爲貴 客衆則喧 喧則雅趣乏矣 獨啜曰神

『다록』 二客曰勝 三四曰趣 五六曰泛 七八曰施

『만보전서』 二客曰勝 三四曰趣 五六曰泛 七八曰施

『다신전』 二客曰勝 三四曰趣 五六曰泛 七八曰施

번역

차 마시기

차를 마실 때는 손님이 적은 것을 귀하게 여긴다. 손님이 많으면 시끄럽고 시끄러우면 아취가 적어진다. 홀로 마시면 신령스럽고, 둘이 마시면 아주 좋고, 서넛이 마시면 고아한 멋이 있고, 대여섯이면 여럿이 마시는 일상적인 것이며, 일곱 여덟이 마시면 널리 베푸는 것이다.

주해

주1 **喧** 의젓하다, 어린아이가 울음을 그치지 않다, 시끄럽다.

주2 **雅趣** 아담한 정취, 고상하고 운치 있는 취미나 분위기.

주3 **啜** 한 모금씩 마시다.

• 一吸而盡 不可辨味 俗莫大焉矣 _ 屠隆(明), 『考槃餘事』

주4 **神** 신령스럽다, 즉 신선의 세계 같은 분위기.

주5 **勝** 뛰어나다, 빼어난 경지로 한가하고 고요한 자리.

• 白雲明月爲二客 道人座上此爲勝 _ 『東茶頌』

주6 **趣** 취미, 서너 명이 취미로 모여 차 마시는 고아한 분위기.

주7 **泛** 뜨다, 띄우다. 물이 가득 찬 모양으로 뛰어나지도 특별하지도 않는 일상적인 찻자리.

주8 **施** 베풀다. 차의 아취보다는 차를 많은 사람이 나누어 마시는 분위기.

• 一人得神 二人得趣 三人得味 六七人是名施茶 _ 黃庭堅, 『黃山谷集』

해설

차를 마시는 일은 다른 어느 것에도 뒤지지 않는 중요한 과정이다. 바르게 잘 우려서 다신이 제대로 나타나게 하여야 한다. 그리고 차를 마시는 자리에 몇 사람이 함께 하느냐 하는 것도 아주 중요한 항목이다. 차가 원래 정적인 것이어서 술자리와는 달리 조용하고 한가로우며 고아한 분위기라야 하기 때문에, 여러 사람이면 그런 자리가 되기 어렵다. 그래서 혼자 마시는 것을 가장 높이 보았고, 정도 이상으로 많으면 단순하게 보시하는 나눔의 의미만 인정했다.

11

香 향

茶有眞香 有蘭香 有淸香 有純香
주1 주2 주3 주4
다유진향 유난향 유청향 유순향

表裏如一曰純香 不生不熟曰淸香

표리여일왈순향 불생불숙왈청향

火候均停曰蘭香 雨前神俱曰眞香
주5
화후균정왈난향 우전신구왈진향

更有含香 漏香 浮香 問香 此皆不正之氣
주6 주7 주8 주9
갱유함향 루향 부향 문향 차개부정지기

교주

- **熟** 『다신전』에는 '熱'로 나와 있다.
- **香** 『다신전』에는 '香' 자가 빠져 있다.
- **問** 『다신전』에는 '間'으로 나와 있다.

원문 비교

『 다 록 』 茶有眞香 有蘭香 有淸香 有純香 表裏如一 曰純香 不生不熟

『만보전서』 茶有眞香 有蘭香 有淸香 有純香 表裏如一 曰純香 不生不熟

『다신전』 茶有眞香 有蘭香 有淸香 有純香 表裏如一 曰純香 不生不熱

『 다 록 』 曰淸香 火候均停 曰蘭香 雨前神具 曰眞香 更有含香 漏香

『만보전서』 曰淸香 火候均停 曰蘭香 雨前神具 曰眞香 更有含香 漏香

『다신전』 曰淸香 火候均停 曰蘭香 雨前神具 曰眞香 更有含香 漏○

『 다 록 』 浮香 問香 此皆不正之氣

『만보전서』 浮香 問香 此皆不正之氣

『다신전』 浮香 間香 此皆不正之氣

번역

향기

차에는 진향이 있고 난향이 있고 청향이 있고 순향이 있다. 겉과 속이 한결같으면 순향이라 하고, 설익거나 과숙하지 않으면 청향이라 하며, 불기운이 고르게 갔을 때를 살펴 멈추게 한 것을 난향이라 하며, 곡우 전의 신묘함을 갖추고 있는 것을 진향이라 한다. 또 함향 누향 부향 문향이 있는데 이는 모두 좋지 못한 향기다.

주해

주1 **眞香** 향을 가미하지 않고 차나무에서 딴 잎으로만 만든 차 본연의 향으로, 참답고 순수한 그대로 정수(精髓)에 해당하는 향기다. 이런 향은 찻잎이 제대로 돋아서 최적의 시기에 채취된 것이라야 얻을 수 있다.

- 茶有眞香 而入貢者 微以龍腦和膏 欲助其香 建安民間試茶 皆不入香 恐奪其眞 若烹點之際 又雜珍果香草 其奪益甚 正當不用[차에는 진향이 있으나, 입공하는 이들이 용뇌향을 섞어서 차향을 도우려 한다. 건안 지역의 민가에서는 모두 다른 향을 넣지 않으니, 왜냐하면 차의 진향을 해칠까 염려해서다. 차를 탈 때 과일이나 향초를 섞으면, 차향이 심하게 손상되니 마땅히 쓰지 말아야 한다.] _ 蔡襄(宋), 『茶錄』
- 茶有眞香 非龍麝可擬[차에는 진향이 있으니, 용뇌향이나 사향에 비길 바가 아니다.] _ 徽宗(宋), 『大觀茶論』
- 茶有眞香 好事者入以龍腦諸香 欲助其香 反奪其眞 正當不用[차에는 진향이 있으나 호사자들은 용뇌나 다른 향들을 섞어서 차의 향기를 도우려 하나 도리어 그 진향을 빼앗으니 마땅히 사용하지 말아야 한다.] _ 張謙德(明), 『茶經』

주2 **蘭香** 난초의 향기처럼 은은한 향으로, 차의 성분 중에 난향을 내

는 성분이 있다. 이는 불 살핌이 좋아서 적당했을 때 많이 생성된다.

주3 **淸香** 맑은 향기로 강렬하거나 짙지 않고 깨끗한 향기다. 차를 조금 덜 익히거나 지나치게 덖으면 차향이 맑지 못한데, 아주 알맞게 익혀서 향이 맑은 것을 말한다.

주4 **純香** 순수한 향기로 다른 향이 전혀 섞이지 않은 상태를 말한다. 그래서 처음부터 끝까지 그 향이 다르지 않다.

주5 **雨前** 24절기 중 하나인 穀雨(4월 20일경) 이전을 말한다.

주6 **含香** 다른 향이 섞여 순수하지 않는 향기.

주7 **漏香** 향이 새어버려 밋밋한 향기.

주8 **浮香** 일반적인 다른 식물에서도 맡을 수 있는 향기, 즉 차향이 아닌 다른 향기로 어디서나 맡을 수 있다.

주9 **問香** 어떤 향인지 구별이 되지 않는 향기로, 나는 듯 마는 듯 아주 미미하다.

- 『茶神傳』에는 '間香'으로 나와 있으나 이는 문향의 오류로 보인다.
- 향을 위해서 잎을 덖을 때 새 솥이나 기름기 있는 솥은 피한다.
- 생엽 상태로는 향을 보존하나, 가열하면 향을 발산한다. 그래서 완성된 차 보관을 잘못하면 향기가 날아간다.
- 생엽 중에 0.02%의 정유(精油)에서 향이 생기고, 그 성분은 알코올로 어린잎이 더 많이 가지고 있다.
- 차의 향기는 종(種)에 따라, 제법에 따라, 포법(泡法)에 따라 결정된다.
- 生茶初摘香氣未透 必借火力以發其香 然性不耐勞炒不宜久 _ 許

次紓, 『茶疏』 [나무에서 찻잎을 처음 따면 안에서 향기가 뚫고 나오지 못하니, 반드시 불의 힘을 빌려야 그 향기가 피어난다. 그러나 그 성질이 불을 오래 견디지 못하니 오래 덖어서는 안 된다.]

• 『동다송』에서는 진향, 순향, 난향, 청향을 四香이라 했다.

해설

차가 가진 네 가지의 특징 중 제일 처음 느낄 수 있는 것이 향이다. 그렇다고 색향기미 중에 어느 것이 제일 중요하냐는 것은 문제되지 않는다. 그것은 개인 취향이고, 더구나 향 가운데에서 어떤 향이 제일 좋으냐의 문제도 그렇다. 사람에 따라 수많은 음식 중에 자신이 좋아하는 향신료들이 각각 다르고, 음료도 다르고, 설사 같은 종류의 음료라도 사람마다 그 취향이 다르다.

차도 마찬가지다. 하지만 잡내가 섞여서 특징을 잃어버렸거나, 산화되어 향기를 잊어버렸거나, 변질된 것은 기본이 없어진 잘못된 것들이다. 진정 좋은 차란 그 본연의 향을 잘 보존하고 있다가, 마시는 이에게 남김없이 발산하는 차이다. 근래에는 꽃을 섞는 화차도 많고, 워낙 취향이 다양해서 차를 서로 섞어서 마시기도 하지만, 그래도 우리는 순수한 차향 그대로를 보존하려고 노력하고 있다.

12

色 색

茶以青翠爲勝 濤以藍白爲佳 黃黑紅昏 俱不入品

다이청취위승[주1] 도이람백위가[주2] 황흑홍혼 구불입품

雪濤爲上 翠濤爲中 黃濤爲下

설도위상 취도위중[주3] 황도위하

新泉活火 煮茗玄工 玉茗氷濤 當杯絶技

신천활화 자명현공 옥명빙도 당배절기

교주

- 氷 『다신전』에는 '水'로 나와 있다.
- 技 『다신전』에는 '技' 자가 빠져 있다.

원문 비교

『다 록』 茶以青翠爲勝 濤以藍白爲佳 黃黑紅昏俱不入品 雪濤爲上 翠濤爲中

『만보전서』 茶以青翠爲勝 濤以藍白爲佳 黃黑紅昏俱不入品 雪濤爲上 翠濤爲中

『다 신 전』 茶以青翠爲勝 濤以藍白爲佳 黃黑紅昏俱不入品 雪濤爲上 翠濤爲中

『다 록』 黃濤爲下 新泉活火 煮茗玄工 玉茗氷濤 當杯絶技

『만보전서』 黃濤爲下 新泉活火 煮茗玄工 玉茗氷濤 當杯絶技

『다 신 전』 黃濤爲下 新泉活火 煮茗玄工 玉茗水濤 當杯絶○

번역

색

차는 청취한 빛이 아주 좋은 것이고, 차탕[우린 찻물]은 남백색을 아름답게 여긴다. 누렇거나 검거나 붉거나 어두운 색은 모두 차의 품수에 들지 못한다. 차탕 위에 눈같이 흰 거품이 일면 상품이고, 비취빛 거품이면 중품이며, 누런 거품이면 하품이다. 새로 떠온 샘물로 이글거리는 숯불에 차 달이는 현묘한 솜씨는, 옥 같이 좋은 차에서 이는 흰 유화(乳華)로 찻잔을 채우는 절묘한 예술이로다.

주해

주1 **靑翠** 푸른색이 도는 비취색으로 연둣빛이다.

- 茶始造則靑翠 收藏不法 一變至綠 再變至黃 三變至黑 四變至白 _ 張源, 『茶錄』

주2 **藍白** 쪽빛이 도는 물색, 쪽빛은 처음엔 녹색이다.

주3 **雪濤爲上 翠濤爲中** 흰 거품이 좋고 비취색이 다음이다.

- 點茶之色 以純白爲上眞 靑白爲次 灰白次之 黃白又次之 天時得於上 人力盡於下 茶必純白[점다한 차의 색이 순백이 제일 좋고, 청백은 다음이며, 회백이 그 다음이고, 황백은 또 그 다음이다. 때를 잘 만나고 사람이 정력을 기울이면 차는 반드시 좋은 순백이 된다.] _ 『大觀茶論』
- 翠濤綠香纔入朝 [비취빛 녹향만 겨우 조정에 들이는데.] 『東茶頌』

〈참고〉

- 茶色貴白 而餠茶多以珍膏油其面 故有靑黃紫黑之異[차의 색은 흰 것을 귀히 여기니, 떡차들은 진기한 고유가 겉면에 발려서, 청황자흑의 차이가 생긴다.] _ 蔡襄, 『茶錄』
- 茶色貴白 靑白爲上 黃白次之 靑白者受水鮮明 黃白者受水昏重故耳 徐視其面色鮮白 著盞無水痕者爲嘉絶[차의 색은 흰 것을 귀히 여기니, 청백이 좋고 황백은 그 다음이다. 청백의 차는 물에 타면 선명하고, 황백의 차는 물에 타면 어둡고 칙칙하기 때문이다. 자세히 보아서 그 색이 선명하게 흰 것은 격불하면 유화가 잔에 붙어서 떨어지지 않으니 아주 좋은 것이다.] _ 張謙德(明), 『茶經』

해설

차가 우려질 때 처음 느끼는 것이 향이라면 다음으로 우리가 알 수 있는 것이 탕색이다. 차의 색을 결정짓는 것은 품수가 좋고, 물이 좋아야 하며, 우리는 이의 솜씨도 좋아야 한다. 마지막에 말한 신천, 활화, 현공, 옥명, 빙도, 배, 절기는 모두 색을 결정짓는 요소들이다.

味 미

味以甘潤爲上苦澁爲下
주1 주2
미이감윤위상고삽위하

교주

• 澁 『다신전』에는 '滯'로 나와 있다.

원문 비교

『 다 록 』 味以甘潤爲上 苦澁爲下

『만보전서』 味以甘潤爲上 苦澁爲下

『 다 신 전 』 味以甘潤爲上 苦滯爲下

번역

차탕의 맛

맛이 달고 부드러우면 상품이고 쓰고 떫으면 하품이다.

주해

주1 **甘潤** 달고 부드러운 맛을 말한다. 어린잎일수록 차의 독특한 감칠맛과 향미 성분의 주체인 아미노산이 많이 함유되어서 달고 부드러운 맛이 난다.

주2 **苦澁** 쓰고 떫은 맛. 특유의 쓴맛을 내는 카페인은 지방의 연소를 촉진시키는 작용이 있어 낮은 칼로리 음료에 차가 자주 이용된다. 『다신전』에는 '苦滯'라고 나와 있으나 쓰고 막혀서 잘 넘어가지 않는다는 의미로 '苦澁'과 의미는 별 차이가 없다.

- 茶味主於甘滑 然欲發其味 必資乎水 豈水泉不甘 損茶眞味 前世之論水品者以此[차 맛은 달고 부드러운 것을 위주로 하니 그 제 맛을 내려면 반드시 좋은 물을 써야 한다. 물이 좋지 못하면 차의 진미를 손상하니 제맛을 내겠는가. 전세에 수품을 논한 것이 바로 이것이다.] _ 張謙德(明), 『茶經』

〈참고〉

- 茶以味爲上 甘香重滑 爲味之全 惟北苑 壑源之品兼之[차는 맛을 제일로 삼으니, 달고 향기롭고 부드러운 것이 맛의 전부다. 오직 북원의 학원차가 이 모두를 겸했다.] _ 『大觀茶論』
- 陸安茶以味勝 蒙山茶以藥勝 東茶蓋兼之矣[육안차는 맛이 좋고 몽산차는 약효가 좋은데, 우리 차는 이 둘을 겸했다네.] _ 『東茶頌』
- 데아닌[아미노산의 일종]; 甘潤, 탄닌[카테킨類]; 苦澁
- 차에는 카페인[알카로이드의 일종]이 2~4% 함유되어 있어서, 각성, 강심, 이뇨, 피로회복 등에 좋다.

• 茶味主於甘滑 惟北苑鳳凰山 連屬諸焙 所產者味佳 隔溪諸山 雖及時加意制作 色味皆重 莫能及也 又有水泉不甘 能損茶味 前世之論水品者以此[차 맛은 달고 부드러운 것을 주로 하니, 오직 북원의 봉황산 연봉의 배소에서 생산되는 것만이 맛이 좋다. 개울 건너 있는 여러 산에서는 비록 때를 맞추어 정성껏 만들어도 색과 맛이 모두 무거워 따를 수가 없다. 또 샘물이 달지 않아서 차 맛을 손상시키니, 전대의 수품을 논한 것이 바로 이것이다.] _ 蔡襄, 『茶錄』

14

點染失眞 점염실진

茶自有眞香 有眞色 有眞味 一經點染 便失其眞[주1]
다자유진향 유진색 유진미 일경점염 변실기진
如水中着鹹 茶中着料 碗中着果[주2] 皆失眞也[주3]
여수중착함 다중착료 완중착과 개실진야

교주

• 果 『다신전』에는 '菓'로 나와 있다.

원문 비교

『 다 록 』 茶自有眞香 有眞色 有眞味 一經點染 便失其眞
『만보전서』 茶自有眞香 有眞色 有眞味 一經點染 便失其眞
『 다 신 전 』 茶自有眞香 有眞色 有眞味 一經點染 便失其眞

『 다 록 』 如水中着鹹 茶中着料 碗中着果 皆失眞也
『만보전서』 如水中着鹹 茶中着料 碗中着果 皆失眞也
『 다 신 전 』 如水中着鹹 茶中着料 碗中着菓 皆失眞也

번역

한 번 오염되면 참된 다성을 잃는다

차는 그 속에 저절로 된 진향과 진색과 진미가 있는데, 한번 조금이라도 오염되면 곧 그 진성을 잃게 된다. 만일 물에 소금기가 있거나, 차에 다른 향이 섞이거나, 사발에 과일향이 묻어 있으면 모두 진성을 잃게 된다.

주해

주1 **便失其眞** 그 진성을 잃기 쉽다. 차 본래의 맛이 사라짐을 의미한다. 그래서 건안 사람들은 鬪茶 시에 어떤 향도 넣지 않았다.

- 茶有眞香 而入貢者 微以龍腦和膏 欲助其香 建安民間試茶 皆不入香 _ [차에는 본래의 향이 있다. 그런데 조공으로 바치는 차에 용뇌를 조금 섞어서 그 향기를 도우려 한다. 건안의 민간에서는 차 겨루기 할 때 향을 넣지 않는다.]蔡襄, 『茶錄』

주2 **果** 과일로 菓로 써도 의미는 같다. 찻잔에 묻어있는 과일(혹 과일의 향)도 차의 진성을 잃게 한다.

- 茶有眞香 有佳味 有正色 烹點之際 不宜以珍果香草雜之 [차에는 진향과 좋은맛과 올바른 빛깔이 있다. 차를 우릴때 향기 나는 과실이나 풀을 섞으면 마땅치 않다.]_ 張謙德(明), 『茶經』

주3 **皆失眞也** 모두 진성을 잃게 된다. 차는 물도 차도 다기에도 다른 것에 오염되면 안 된다. 또한 차는 수렴작용이 강하기 때문에 찻자리에서 과한 화장과 향수는 피해야 하고, 향이 강한 꽃나무도 피해야 한다.

· 於穀雨前 採一槍一葉者製之爲抹 無得膏爲餠 雜以諸香 失其自然之性 奪其眞味 大抵味淸甘而香 久而回味 能爽神者爲上[곡우 전에 일창일기의 싹을 따서 가루 내어 만드는데, 고를 빼고 차 떡을 만든다. 거기에 여러 향을 섞어서, 자연스런 성질을 잃게 하고 그 참다운 맛을 빼앗았다. 대체로 차는 맛이 맑게 달며 향기로움이 오래 남아서 정신을 맑게 하는 것이 상품이다.] _ 朱權, 『茶譜』

· 茶有眞香 有佳味 有正色 烹點之際 不宜以珍果香草雜之 奪其香者松子 柑橙 杏仁 蓮心 木香 梅花 茉莉 薔薇 木樨之類是也 奪其味者 牛乳 蟠桃 荔枝 圓眼 水梨 枇杷之類是也[차에는 본래의 향기와 좋은 맛과 제대로의 색이 있다. 차를 타거나 우릴 때, 향기로운 과일이나 향초를 섞으면 좋지 않다. 차의 향기를 잘 빼앗는 것으로, 솔 씨, 감귤, 살구 씨, 연심, 목향, 매화, 쟈스민, 장미, 목서 같은 것들이다. 그 맛을 빼앗는 것은 우유, 복숭아, 여지, 용안, 수리, 비파 같은 종류다.] _ 錢椿年(明), 『茶譜』

· 甌中殘滓 必傾去之 以俟再斟 如或存之 奪香敗味 人必一杯 毋勞傳遞 再巡之後 淸水滌之爲佳[사발 안에 남은 찌꺼기는 반드시 기울여 쏟아 버리고, 다음 잔 돌리기를 기다린다. 만약 잔에 남아 있으면 향기를 뺏고 맛이 없게 된다. 사람마다 한 잔으로 하고, 옆으로 전하지 않으며, 두 잔이 지난 후에는 맑은 물로 깨끗이 씻는 것이 좋다.] _ 許次紓, 『茶疏』

· 採茶製茶 最忌手汗 羶氣 口臭 多涕 多沫不潔之人及月信婦人 茶酒性不相入 故茶最忌酒氣 製茶之人不宜沾醉 茶性淫 易於染着 毋論腥穢及有氣之物 不得與之近 卽名香亦不宜相雜[찻잎을 따거

나 차를 만들 때 아주 꺼리는 것이 손에 땀이 나거나 누린내가 나거나 입 냄새, 눈물, 땀 같은 것이 많은 불결한 사람이나, 월경하는 여자다. 차와 술의 성질이 서로 어울리지 않아서, 차가 가장 꺼려하는 것이 술기운이니, 차 만드는 이는 술에 취해서는 안 된다. 차의 성질이 음하여 점염되기 쉬우니, 비리거나 특수한 기운이 있는 것들은 가까이 하지 않아야 하고, 좋은 향도 섞어서는 안 된다.] _ 羅廩(明), 『茶解』

• 羅生言茶酒二事 至今可稱精絶 前無古人 此可與深知者道耳 夫茶酒超前代稀有之精品 羅生發前人未發之玄談[나름이 술과 차 두 가지를 말한 것은 지금도 생각하면 옛사람이 말한 바가 없는 절묘한 주장이다. 이는 정말 깊이 아는 사람의 말이다. 대체 차와 술은 전대부터 특히 드문 정품들로, 이런 주장은 전대인들이 주장하지 않았던 나름의 견해다.] _ 屠本畯(明), 『茗笈』

15

茶變不可用 다변불가용

茶始造則青翠 收藏不法 一變至綠 再變至黃
다시조즉청취 수장불법 일변지록 재변지황

三變至黑 四變至白 食之則寒胃 甚至瘠氣成積
삼변지흑 사변지백 식지즉한위 심지척기성적
주1

교주

- **不法** 『만보전서』와 『다신전』 모두 '不得其法'으로 나와 있다.
- **甚** 『다신전』에는 '其'로 나와 있다.

원문 비교

『 다 록 』 茶始造則青翠 收藏不法 一變至綠 再變至黃

『만보전서』 茶始造則青翠 收藏不得其法 一變至綠 再變至黃

『다 신 전』 茶始造則青翠 收藏不得其法 一變至綠 再變至黃

『 다 록 』 三變至黑 四變至白 食之則寒胃 甚至瘠氣成積

『만보전서』 三變至黑 四變至白 食之則寒胃 甚至瘠氣成積

『다신전』 三變至黑 四變至白 食之則寒胃 其至瘠氣成積

번역

변한 차는 쓸 수 없다

차를 처음 만들면 청취색이지만 저장할 때 법대로 하지 않으면 처음에는 녹색으로 변하고, 다시 황색으로 변하고, 세 번째 흑색으로 변하고, 네 번째 흰 색이 되고 만다. 이런 차를 마시면 위장이 차가워지고, 심하면 수척한 기운이 쌓이게 된다.

주해

주1 瘠氣 파리한 기운. 許次紓도 차를 적당히 잘 마셔야 한다고 설명하고 있다.

- 茶宜常飮 不宜多飮 常飮則心肺淸涼 煩鬱頓釋 多飮則微傷脾腎 或泄或寒[차는 항상 마시되 너무 많이 마시는 것은 좋지 않다. 상음하면 마음과 내장이 맑고 깨끗하며, 번뇌와 울분이 풀어진다. 많이 마시면 비장과 신장이 조금 상할 수 있고, 혹 설사를 하거나 한기를 느낄 수 있다.] _ 許次紓, 『茶疏』
- 차를 많이 마시면 不眠, 耳鳴, 眩眼, 胃潰瘍 등에 좋지 않을 수 있다.

해설

아무리 좋은 식품이라도 변질되면 우리에게 해롭다. 좋은 식품일수록 깨끗하게 취급하고 소중하게 다루고 정성껏 만들어서 잘 보관하고 있다가, 적절한 때에 섭취하여야 건강에 도움을 주는 것이다. 지난날 우리 조부모들께서 어려운 시절에 음식이 아까워서 버리지 못하고 먹다가 병을 얻은 적도 있지 않았던가. 더구나 차는 차원 높은 기호음료이니, 그에 어울리는 정결함과 체신(體神)이 손상되지 않아야 한다. 보관을 함부로 하여 색이 변할 정도면 이미 그 사람은 차인일 수 없다.

〈참고〉

藏茶

- 茶宜蒻葉而畏香藥 喜溫燥而忌濕冷 故收藏之家以蒻葉封裹入焙中 兩三日一次用火 常如人體溫溫 以禦濕潤 若火多 則茶焦不可食[차는 부들 잎과 잘 맞고, 향내 나는 약초들과는 맞지 않는다. 따뜻하고 건조한 것을 좋아하고, 습기 있고 찬 것을 싫어하기 때문에, 차를 수장하는 사람들은 부들 잎으로 싸서 봉하여 배로 안에 넣고, 2~3일에 한 차례씩 불을 사용하여 평상시의 우리 몸 온도 정도로 따뜻하게 해서 습기에 젖는 것을 막아준다. 이때 만약 불이 강하면 차가 타서 먹을 수가 없다.] _ 蔡襄(宋), 『茶錄』
- 焙數則首面乾而香減 失焙則雜色剝而味散 要當新芽初生卽焙 以去水陸風濕之氣 焙用熟火置爐中 以靜灰擁合七分 露火三分 亦以輕灰糝覆 良久卽置焙簍上 以逼散焙中潤氣 或曰 焙火如人體

溫 但能燥茶皮膚而已 內之濕潤未盡 則復蒸喝矣 焙畢 卽以用久漆竹器中緘藏之 陰潤勿開 如此終年 再焙色常如新[차는 너무 자주 불에 말리면 표면이 말라 향이 덜해지고, 말릴 때를 놓쳐 실수하면 표면이 깎여 색이 바래고 맛이 흩어진다. 중요한 것은 새싹을 처음 따서 만든 것이면, 곧 불에 쬐어 수륙의 좋지 못한 바람과 습기를 없앤다. 불에 쬐어 말릴 때는 잘 탄 숯불을 배로 가운데 넣고, 식은 재로 70%를 덮고 30% 정도만 불을 드러낸다. 고운 재를 뿌려 덮고 한참 기다렸다가, 차 대바구니를 배로 위에 얹어 대바구니의 습기를 말려 없앤다. 혹자는 말리는 배로의 불이 사람의 체온과 같으면 된다고 했으나, 그 정도로는 다만 차의 표면만 말릴 수 있을 뿐이니, 안에 있는 물기가 다 마르지 않아 다시 쪄서 말려야 된다. 불에 말리는 것이 끝나면 곧 오래 사용한 칠이 된 그릇에 봉해서 갈무리하고, 음습한 날에는 열지 않는다. 이렇게 해를 마칠 때까지 불에 다시 말리곤 하면 색은 언제나 햇차 같다.] _ 徽宗(宋), 『大觀茶論』

- 茶宜蒻葉而收 喜溫燥而忌濕冷 入於焙中 焙用木爲之 上隔盛茶 下隔置火 仍用蒻葉蓋其上 以收火氣 兩三日一次 常如人體溫溫 則御濕潤以養茶 若火多則茶焦 不入焙者 宜以蒻籠密封之 盛置高處 或經年則香味皆陳 宜以沸湯漬之 而香味愈佳 凡收天香茶 於桂花盛開時 天色晴明 日吾取收 不奪茶味 然收有法 非法則不宜[차는 부들 잎과 잘 맞기 때문에 [부들 잎에] 거두어 갈무리하고, 따뜻하고 건조한 것을 좋아하고 습랭한 것을 꺼리기 때문에 배로에 넣는다. 배로는 나무로 만들어 위 칸에는 차를 얹고, 아래 칸에는 불을 둔다. 부들 잎으로 그 위를 덮어 불기운을 받

도록 하고, 2~3일에 한 번씩 평시의 사람 체온과 같은 온도로, 습기를 막고 茶性을 기르는데, 이때 만약 불이 세면 차가 탄다. 배로에 넣지 않은 차는 마땅히 부들 잎으로 밀봉하여 높은 곳에 채워둔다. 혹 해묵은 차는 향미가 다 날아가 버리니, 마땅히 끓는 물에 적시면, 향미가 더 좋아진다. 대개 천향차를 거둘 때는, 계화가 한창 피고 하늘이 청명한 날 한낮에 거두어야 차 맛이 손상 받지 않는다. 하지만 거두는 법이 있는데 그대로 하지 않으면 제대로 되지 않는다.] _ 朱權(明), 『茶譜』

- 錢椿年의 『茶譜』(明)에도 같은 말이 나온다.
- 茶宜箬葉而畏香藥 喜溫燥而忌冷濕 故收藏之家 先於淸明時收買箬葉 揀其最靑者 五焙極燥 以竹絲編之 每四片編爲一塊聽用 又買宜興新堅大罌 可容茶十斤以上者 洗淨焙乾聽用 山中焙茶回 復焙一番 去其茶子 老葉枯焦者及梗屑 以大盆埋伏生炭 覆以竈中 敲細赤火 旣不生烟 又不易過 置茶焙下焙之 約以二斤作一焙 別用炭火入大爐內 將罌懸架其上 至燥極而止 又法以中壜盛茶 十斤一瓶 每瓶燒稻草灰入於大桶 將茶瓶坐桶中 以灰四面塡桶 瓶上覆灰築實 每用撥開瓶 取茶些少 仍復覆灰 再無蒸壞 次年換灰 又法空樓中懸架 將茶瓶口朝下放 不蒸 緣蒸氣自天而下也[차는 부들 잎과 잘 맞고 향이 있는 약을 싫어한다. 따뜻하고 건조한 것을 좋아하고 습랭한 것을 꺼린다. 그래서 차를 갈무리하는 사람들은 먼저 청명절에 부들 잎을 거두어 사서, 가장 싱싱한 것을 골라 배로에 넣어 아주 바싹 말리고, 대줄기 실로 네 편을 한 덩이로 묶게 짠다. 또 의흥에서 만든 차 열 근 이상 들어갈 큰 새 항아리를 사가지고 씻어서 배로에 말려 쓸 수 있게

준비한다. 산중이라면 차를 한 번 더 말린다. 차씨와 쇠한 잎이나 마르고 타서 가루가 된 것들도 골라낸다. 큰 분에 생탄을 묻어서 부뚜막에 엎어놓고, 붉은 불꽃이 일고 연기가 없으면 적당하다. 차를 배로 아래에 두고 말리는데, 한 번에 차 두 근 정도가 좋다. 별도로 숯불을 큰 화로 안에 넣고 차를 담은 항아리를 그 위에 걸어서 아주 바싹 말린다. 또 다른 방법으로 열 근의 차를 한 병의 가운데 꼭 채우고, 매 병마다 볏짚을 태운 재를 넣은 큰 통에 넣는다. 차병을 통에 넣고 큰 통의 빈 곳에 재를 채우고 위까지 덮는다. 매양 병을 열고 차를 꺼낼 때마다 그만큼의 재를 채우고 다시 헐지 않고 다음 해에 재를 바꾸면 된다. 또 다른 방법은 빈 누각에 차를 달아매고, 차병의 입구를 아래로 향하게 하면 증기가 아래로 내려온다.] _ 屠隆(明), 『茶說』

• 收藏宜用磁甕 大容一二十斤 四圍厚箬 中則貯茶 須極燥極新 專供此事 久乃愈佳 不必歲易 茶須築實 仍用厚箬塡緊甕口 再加以箬 以眞皮紙包之以苧麻緊扎 壓以大新磚 勿令微風得入 可以接新 [차를 갈무리하는 데는 사기로 된 항아리를 쓰는 것이 마땅하고, 크기는 일이십 근 들이로 한다. 사방에 죽순껍질로 둘러싸고, 그 가운데에 차를 저장한다. 모름지기 잘 말려서 아주 신선하도록 해야 하므로, 오로지 이 일[차 갈무리하는 일]에만 전용되면, 오래될수록 더 좋아져서 해마다 바꿀 필요가 없다. 차는 반드시 쌓아서 가득 채우고, 두껍게 죽순껍질을 사용하여 독 입구를 꽉 채우고, 다시 죽순껍질로 덮는다. 두꺼운 닥종이로 입구를 싸고, 모시나 삼으로 꽉 묶은 후에, 새로 만든 큰 벽돌로 눌러서 조금의 바람도 들어가지 못하게 하면, 햇차가 날 때까지

이을 수 있다.] _ 許次紓, 『茶疏』

- 育 以木制之 以竹編之 以紙糊之 中有隔 上有覆 下有床 傍有門 掩一扇 中置一器 貯煻煨火 令熅熅然 江南梅雨時 焚之以火 育者以其藏養爲名[육(저장통)은 나무로 (틀을) 만들고 대나무로 엮어 종이로 바른다. 중간에 칸막이(선반)가 있고 위엔 덮개 있으며 아래는 받침이 있고 옆엔 문이 있는데 한 쪽으로 된 문을 단다. 가운데에 그릇 하나를 두고 재속에 숯불을 묻어두어 (그 안이) 훈훈하고 뽀송뽀송하게 한다. 江南地方(지금의 江西省, 湖北省 일대로 建昌, 洪州, 吉州, 袁州, 饒州 등지)에서는 梅雨가 내릴 때에는 불을 피워서 말린다. 저장통은 갈무리하여 양육한다는 뜻으로 만든 이름이다.] _ 『茶經』 〈二之具〉
- 凡貯茶之器 始終貯茶 不得移爲他用[무릇 차를 저장하는 그릇은 처음부터 차만을 저장해야 하고, 다른 것을 담아서는 안 된다.] _ 羅廩, 『茶解』

16

品泉 품천

茶者水之神 水者茶之體 주1

다자수지신 수자다지체

非眞水莫顯其神 非精茶曷窺其體 주2

비진수막현기신 비정다갈규기체

山頂泉淸而輕 山下泉淸而重

산정천청이경 산하천청이중

石中泉淸而甘 沙中泉淸而洌 土中泉淡而白

석중천청이감 사중천청이렬 토중천담이백

流于黃石爲佳 瀉出靑石無用

유우황석위가 사출청석무용

流動者愈于安靜 負陰者勝于向陽 주3

유동자유우안정 부음자승우향양

眞源無味 眞火無香 주4

진원무미 진화무향

교주

- 曷 『다신전』에는 '莫'으로 나와 있다.
- 山 『만보전서』와 『다신전』 모두 '水'로 나와 있다.
- 于 『만보전서』와 『다신전』 모두 '於'로 나와 있다. 于와 於는 같이 사용한다.
- 勝 『만보전서』와 『다신전』 모두 '眞'으로 나와 있다.
- 于向陽 『만보전서』와 『다신전』 모두 '向' 자가 없고 '於陽'이라고 나와 있다.
- 源 『만보전서』와 『다신전』 모두 '原'으로 나와 있다.
- 火 『만보전서』와 『다신전』 모두 '水'로 나와 있다.

원문 비교

『다록』 茶者水之神 水者茶之體 非眞水莫顯其神 非精茶曷窺其體 山頂泉淸而輕

『만보전서』 茶者水之神 水者茶之體 非眞水莫顯其神 非精茶曷窺其體 山頂泉淸而輕

『다신전』 茶者水之神 水者茶之體 非眞水莫顯其神 非精茶莫窺其體 山頂泉淸而輕

『 다 록 』 山下泉淸而重 石中泉淸而甘 沙中泉淸而冽 土中泉淡而白 流于黃石爲佳

『만보전서』 水下泉淸而重 石中泉淸而甘 沙中泉淸而冽 土中泉淡而白 流於黃石爲佳

『 다 신 전 』 水下泉淸而重 石中泉淸而甘 沙中泉淸而冽 土中泉淡而白 流於黃石爲佳

『 다 록 』 瀉出靑石無用 流動者愈于安靜 負陰者勝于向陽 眞源無味 眞火無香

『만보전서』 瀉出靑石無用 流動者愈於安靜 負陰者眞於○陽 眞原無味 眞水無香

『 다 신 전 』 瀉出靑石無用 流動者愈於安靜 負陰者眞於○陽 眞原無味 眞水無香

번역

샘물 품평

차는 물의 신이요 물은 차의 몸체이다. 진수가 아니면 차의 신이 나타나지 않고, 정품(精品)의 차가 아니면 제대로 된 차탕의 모습을 어찌 볼 수 있겠는가. 산 위의 샘물은 맑고 가벼우며, 산 아래 샘물은 맑고 무거우며, 돌 사이 물은 맑고 달며, 모래 속 샘물은 맑고 차가우며, 흙 속 샘물은 담백하다. 황석에서 흐르는 물은 좋고, 청석에서 나오는 물은 쓸 수 없다. 흐르는 물은 고인 물보다 낫고, 응달진 곳의 물은 양지의 물보다 낫다. 원천의 진수는 맛이 없고, 참된 불[물]은 냄새가 없다.

주해

주1 茶者水之神 水者茶之體

- 中有玄微妙難顯 眞精莫敎體神分[그 중에 현묘함 있으나 그것 드러내게 하기는 정말 어려우니 차의 진정한 정기는 체와 신을 나누지 않고 조화시켜야 하네.] _ 『東茶頌』; 여기서 體는 茶神이 표현되는 형태 곧 몸체를 말하고, 神은 차가 가진 바탕인 色香氣味를 말한다. 즉 좋은 차라도 좋은 물을 만나야 그 색향기미를 유감없이 표출하여 제대로의 다탕이 만들어 진다.
- '茶神'에 대한 제가의 해석들

  ①신기 _ 김명배, 윤경혁 ; 神氣는 1. 만물을 만들어내는 원기. 2. 신비롭고 불가사의한 운기(雲氣) 3. 정신과 기운을 의미한다.

  ②정신 _ 정영선

  ③마음, 정신, 즉 뜻을 의미하며 여기에서는 차 속에 들어 있는 정신을 말하는 것으로 차의 기운이다. 물속에 녹아들어 있는 성분을 말한다. _ 김대성, 《월간 다도》

  ④眞茶, 眞水, 火候로 이루어진 차의 三妙[三奇]를 말한다. 중국에서는 육우를 다신으로 추앙한다. _ 강우석

  ⑤차의 싱그러움 _ 윤병상

  ⑥차의 神, 즉 차를 의인화하여 신격화한 것 _ 정민

이상의 여러 이론들을 보면 제일 많은 견해가 '정신'[②와 ③]이고, ①도 사전의 셋째 번 뜻으로 보면 정신이다. ③에서 '물속에 녹

아 있는 성분'이라는 부분은 이해가 잘 되지 않는다. 그리고 '차의 신'을 의인화하여 다신이라 한 것은 『다신전』이라는 글의 타이틀을 설명할 수는 있으나, 우리가 '다신이 나타난다'고 할 때는 뜻과는 어울리지 않는다. '茶者水之神 水者茶之體 非眞水 莫顯其神 非精茶 莫窺其體'의 구절은 '차는 물이란 형태를 빌려서 차가 가진 神을 나타내고, 물은 차를 우려내므로 차에게 體를 제공하여 다탕의 모습을 보인다. 이때 좋은 물이 아니면 차의 神을 나타낼 수 없고, 좋은 차가 아니면 제대로 잘 우려진 차의 體를 만날 수 없다'는 의미다. 여기서 神이란 '차가 가지고 있는 가장 좋은 것들, 곧 色, 香, 氣, 味를 통틀어 표현한 말이다. 차가 좋은 물을 만나면 제대로 자신이 가진 아름다운 것들[色, 香, 氣, 味]을 다 표현하고, 물도 좋은 차를 만나야 제대로 된 다탕이 된다. 이는 달리 해석해보면 '차가 좋은 물을 만나야 차가 가진 모든 정신이 나타난다'고 했을 때 차의 정신이 무엇인데 어떻게 나타나는지 확실치 않다. 다시 말하면 여기서는 차를 좋은 물에 잘 우리면 차에 담긴 좋은 것들이 남김없이 아름답게 표출되어 좋은 다탕이 된다는 말이다. 우리가 우린 차를 보고 좋은 것을 알 수 있는 것은 바로 그 色, 香, 氣, 味가 아니고 무엇인가? 한 걸음 더 나아가 그것을 의인화했다고 보는 것은 부수적인 이중적 효과로 볼 수는 있을 것이다. 그러나 주된 내용은 色, 香, 氣, 味, 즉 차가 가지고 있는 참다운 것들을 말하는 것이다. 정리하면 좋은 차가 좋은 물을 만나야 차가 본래 가진 색향기미를 제대로 발휘할 수 있다. 이 때 중요한 것은 차와 물 곧 체와 신이 별개의 것이 아니고 나눌 수 없는 하나가 되어 체가 곧 신이고, 신이 곧 체인 상태다, 즉 완전한 융화의 상태가 되어야 한다. 완전한 융화의 상태란 어느 것이 물이고 어느 것이 차인지 구분이 안 되는 혼연한 일체를 이루는 것을 말한다. 그래야 차가 가진 현묘한 세계를 맛볼 수 있다.

주2 **眞水** 순수한 물로 무색, 무미, 무향인 것을 진수로 여긴다.

주3 **負陰者勝于向陽** 응달진 곳의 물은 양지의 물보다 낫다. 負陰者眞於陽으로 보아 '응달진 곳의 물은 양지의 물보다 순수하다'로 해석되니 결국 둘 다 양지의 물보다 음지의 물이 좋다는 말이다. 기우자 이행(1352~1432)은 우리나라 물의 등급을 '충주 달천수(達川水)가 제일이고, 금강산에서 흘러나온 한강 우중수(牛重水)가 두 번째이며, 속리산 삼타수(三陀水)의 물맛이 세 번째이다.'라고 평했다. 이들이 다 산골의 응달을 지나온 물이다.

주4 **眞源無味 眞火無香** 『만보전서』와 『다신전』에는 '眞原無味 眞水無香'이라고 쓰여 있다. 물에 관한 것이니 '眞水無香'으로 바꾸었을 것으로 유추된다.

해설

차가 물을 만나지 않으면 어찌 다탕이 이루어지며, 물이 만약 차를 만나지 못한다면 그냥 끓인 물일뿐 어찌 깊이를 헤아리지 못할 감로가 될 수 있겠는가. 차와 물이 합해져서 다탕을 이룰 때, 물은 좋은 물이어야 하고, 차도 좋은 차가 아니면 차와 물이 합해서 이루는 다탕의 제 값어치를 발현할 수가 없다. 좋은 물이란 육우의 말처럼 돌 사이에서 솟아 황석 위를 천천히 흐르는 물이고, 그런 물은 향도 없고 맛도 없고 색도 없는 맑은 물이다.

〈참고 1〉 물에 관하여

- 其水 用山水上 江水中 井水下 其山水 揀乳泉石池慢流者上 其瀑湧湍漱 勿食之 久食令人有頸疾 又多別流於山谷者 澄浸不洩 自火天至霜郊以前 或潛龍蓄毒於其間 飮者可決之 以流其惡 使新泉涓涓然 酌之 其江水取去人遠者 井水取汲多者[차 달일 때 쓰는 물은 산에서 나는 것이 상품이고, 강물이 다음이고, 우물물은 그 아래다. 산에서 나는 물은 유천이나 석지에서 천천히 흐르는 것이 좋고, 거칠게 솟고 급히 흐르는 물은 먹지 말아야 한다. 오래 마시면 사람에게 목병이 생긴다. 또 산에 다른 줄기로 떨어져 따로 흐르는 물은 비록 맑더라도 갇혀서 제대로 흐르지 않으므로 더운 7월에서부터 서늘한 9월까지는 물속에 용(龍, 陽氣)이 잠겨 있어 그 안에 독이 쌓일 수 있다. 이 물을 마시려는 사람은 터서 나쁜 물을 흘려보내고 졸졸 새물이 고이면 이를 떠서 쓰는 것이 좋다. 강물은 사람에게서 멀리 떨어져 있는 것을 취하고, 우물물은 많은 사람이 떠가는 것을 취한다.] _ 陸羽, 『茶經』〈五之煮〉
- 夫茶烹於所產處 無不佳也 盖水土之宜 離其處 水功其半 然善烹潔器 全其 功也[대체로 차는 그 산지에서 달이면 좋지 않는 차가 없으니, 이는 그 곳의 물과 땅이 잘 어울리기 때문이다. 만약 차가 산지를 떠나면 물의 공력이 반감한다. 그러나 달이는 솜씨가 좋고 기물이 깨끗하면 물의 공력이 온전할 수 있다.] _ 張又新(唐), 『煎茶水記』
- 羽之論水 惡渟浸而喜泉源 故井取汲多者 江雖長流 然衆水雜聚 故次山水 惟此說近物理云[육우가 물에 관해서 한 말은 머물러

가라앉은 물은 나쁘고, 샘의 원류의 흐르는 물을 좋다고 한 것이니, 그래서 떠가는 사람이 많은 우물물을 좋다고 했다. 강이 비록 길게 흐르지만 여러 물들이 섞인 것이기에 산에서 나는 물 다음으로 생각했다. 이 같은 육우의 주장은 사물의 이치에 맞는 말이다.] _ 歐陽脩(宋), 『大明水記』

- 水以清輕甘潔爲美 輕甘乃之自然 獨爲難得 古人品水 雖曰中泠惠山爲上 然人相去之遠近 似不常得 但當取山泉之清潔者 其次則井水之常汲者可用 若江河之水 則魚鼈之腥 泥濘之汚 雖輕甘無取[물은 맑고 가볍고 달고 깨끗한 것이 좋다. 가볍고 단 것이 물의 자연스러움이지만 유독 얻기가 어렵다. 옛사람들이 물을 품하여 중령과 혜산의 물을 좋다고 했으나, 사람들과 거리가 멀기도 하고 가깝기도 해서 항상 얻을 수는 없었다. 그래서 산 샘의 깨끗하고 맑은 물을 취하고, 그 다음은 항시 물을 길어 쓰는 우물물을 취하는 것이다. 만약 강과 내의 물은 고기와 자라의 비린내가 나거나 진흙탕으로 더러우니 비록 경감하더라도 취하지 않는다.] _ 徽宗(宋), 『大觀茶論』
- 凡水泉不甘 能損茶味之麗 故古人擇水最爲切要[무릇 물이 달지 않으면 차의 아름다운 맛을 손상시키니, 옛사람들이 물의 선택이 가장 중요하다고 했다.] _ 錢椿年(明), 『茶譜』
- 山下出泉曰蒙 蒙稚也 物稚則天全 水稚則味全 山厚者泉厚 山奇者泉奇山清者泉清 山幽者泉幽 皆佳品也 不厚則薄 不奇則蠢 不清則濁 不幽則喧必無佳泉[산 아래서 나는 샘을 몽이라 한다. 몽이란 어리다는 것으로, 물건이 어리면 하늘이 내린 것을 온전히 그대로 가지고 있다. 물이 어리면 원래의 맛을 그대로 가졌다.

산의 흙과 숲이 깊으면 샘도 깊고, 산의 생김이 기이하면 그 샘도 기이하고, 산이 맑으면 샘도 맑고, 이런 샘은 모두 좋은 물이다. 산이 두텁지 못하면 물은 얇고, 산이 기이하지 못하면 물은 평범 이하이고, 산이 맑지 못하면 물은 탁하고, 산이 그윽하지 못하면 물은 시끄러워 이런 물들은 반드시 좋지 않다.] _ 田藝蘅(明), 『煮泉小品』〈源泉〉

• 山泉者引地氣也 泉非石出者必不佳[산에서 나는 샘은 땅의 기운을 끌어 들인다. 샘이 돌에서 나오지 않는 것은 반드시 좋은 물이 아니다.] _ 田藝蘅(明), 『煮泉小品』〈石流〉

• 有黃金處水必淸 有明珠處水必媚[황금이 나는 곳의 물은 반드시 맑고, 좋은 구슬이 나는 곳의 물은 반드시 아름답다.] _ 田藝蘅(明), 『煮泉小品』〈淸寒〉

• 泉上有惡木 則葉滋根潤 皆能損其甘香[샘 위에 나쁜 나무가 있으면 그 잎과 줄기가 무성하여 물의 감향을 손상시킨다.] _ 田藝蘅(明), 『煮泉小品』〈甘香〉

• 天下之泉一也 惟和士飮之則爲甘 祥士飮之則爲醴 淸士飮之則爲冷 厚士飮之則爲溫 飮之于伯夷則爲廉 飮之于虞舜則爲讓 飮之于孔門諸賢則爲君子 噫! 予品泉矣 子將兼品其人乎[천하의 샘은 한결같다. 온화한 선비가 마시면 물이 달고, 착한 선비가 마시면 좋은 술이 되고, 깨끗한 선비가 마시면 산뜻하고, 후덕한 선비가 마시면 푸근하며, 백이 때에 마시면 염치를 알게 하는 물이 되고, 순임금 때 마시면 겸양하는 물이 되고, 공문의 여러 어진 제자들이 마시면 군자 같은 물이 되었으려니, 아! 나는 샘을 품평할 때, 함께 반드시 그 마시는 사람됨을 평한다.] _ 田藝蘅(明),

『煮泉小品』〈跋〉

• 天泉 - 秋水爲上 梅水次之 秋水白而冽 梅水白而甘 甘則茶味稍奪 冽則茶味獨全 故秋水較差勝之 春冬二水 春勝於冬 皆以和風甘雨 得天地之正施者爲妙 惟夏月暴雨不宜 或因風雷所致 實天之流怒也[하늘이 내리는 물 - 가을 물이 제일 좋고 매우수(梅雨水)가 다음이니, 가을 물은 순수하게 맑고 매우수는 순수하면서 달다. 물이 달면 차 맛이 조금 덜하고 맑으면 차 맛을 온전히 한다. 그래서 비교하면 가을 물이 낫다. 봄 겨울에 내리는 물은 봄물이 겨울 물보다 낫다. 이는 봄에 온화한 바람이 불고 단비가 내려서 천지에 올바른 일들이 이루어지는 묘한 이치 때문이다. 오직 여름날 내리는 폭우는 바람 불고 우레 쳐서 하늘의 격한 기운이 가득하기 때문에 차에 맞지 않다.] _ 屠隆(明), 『茶說』

• 精茗蘊香 借水而發 無水不可與論茶也 發源長遠 而潭沚澄澈者 水必甘美[정성을 쏟아 만든 좋은 차의 향기도 물의 힘을 빌려야 피어날 수 있으니, 물이 없다면 차를 논할 수 없다. 발원지가 길고 멀면 못물이 맑고 깨끗하여 반드시 물맛이 달고 좋았다.] _ 許次紓, 『茶疏』

• 古人品水 卽古人亦非遍歷宇內 盡嘗諸水 品其次第 亦据所習見者耳 甘泉偶出於窮鄕僻境 土人或藉以飮牛滌器 誰能省識 卽余所歷地 甘泉往往有之云云[옛사람들이 물을 품평함에, 그들 자신이 지역 안을 두루 편력하여 그 여러 물들을 다 맛보고 그 차례를 매긴 것이 아니고, 그들이 살고 있는 곳에 전해오는 말에 의한 것일 뿐이다. 좋은 샘은 궁벽한 마을이나 벽촌에서 우연히 나오는데, 그 곳 사람들이 그 물로 소를 먹이고 그릇을 씻고 있으니,

누가 능히 잘 보살펴 알겠는가. 내가 다녀본 곳에도 왕왕이 좋은 샘이 있었으니] _ 羅廩(明), 『茶解』

- 源泉必重 而泉之佳者尤重 山厚者泉厚 山奇者泉奇 山淸者泉淸 山幽者泉幽 皆佳品也 露者 陽氣勝而所散也 色濃爲甘露 凝如脂 美如飴 一名膏露 一名天酒是也 雪者天地之積寒也 雨者 陰陽之和 天地之施水[샘의 근원은 반드시 무겁고 좋은 샘의 것은 더욱 그렇다. 산이 두터우면 샘도 깊고, 산이 기발하면 샘도 그렇고, 산이 맑으면 샘도 그렇고, 산이 그윽하면 샘도 유심하니, 모두 좋은 물이다. 이슬은 양기가 차서 흩어진 것이다. 색이 짙으면 감로라 하여 엉기면 기름 같고 좋은 것은 엿과 같아서 일명 고로라 하고 일면 천주라 하는 것이 바로 이것이다. 눈은 하늘과 땅의 찬 기운이 쌓인 것이다. 비는 음양이 조화를 이루어 하늘과 땅이 베푸는 물이다.] _ 程百二(明), 『品茶要錄』〈補〉
- 江流山泉或限於地 梅雨天地化育萬物 最所宜留 雪水性感重陰 不必多貯久食寒損胃氣 凡水以甕置負陰燥潔檐間隱地 單帛掩口 時加拂塵 則星露之氣常交 而元神不爽 如泥固紙封 曝日臨火 塵朦擊動 則與溝渠棄水何異[강물이나 산의 샘은 오직 땅에 한정된 것이나, 매우는 하늘과 땅이 만물을 기르는 것이니, 가장 마음에 두어야 한다. 눈 녹인 물은 느낌이 음에 치우쳐서 많이 저장할 필요가 없고 오래 마시면 위의 기를 손상시킨다. 무릇 물은 항아리에 담아 처마 아래 응달에 두고, 홑 비단으로 입구를 막아 먼지를 떨어주면, 밤이슬의 기운과 어울려 원신과 차이가 없다. 진흙으로 종이를 발라 봉해서 햇볕 아래나 불 옆에 두어 먼지가 휘날리면, 도랑에 버려진 물과 무엇이 다르겠는가.] _ 程用

賓(明), 『茶錄』

• 酌彼流泉 留淸去濁 水淸茶善 水濁茶惡[흘러가는 샘물을 뜰 때 탁한 것은 보내고 맑은 것을 떠야 하니, 맑은 물은 차에 좋고 탁한 물은 차에 나쁘다.] _ 程作舟(淸), 『茶社便覽』

〈참고 2〉 차에 관하여

• 或以光黑平正 言嘉者 斯鑒之下也 以皺黃坳垤言嘉 鑒之次也 若皆言嘉 及皆言不嘉者 鑒之上也 何者 出膏者光 含膏者皺 宿製者則黑 日成者則黃 蒸壓則平正 縱之則坳垤 此茶與草木葉一也[혹 차의 표면이 번들거리고, 검은 색에 요철이 없이 평평한 것을 좋은 차라고 말하는 사람은 차를 보는 수준이 낮다. 표면이 주름지고 울퉁불퉁 고르지 않고 누런색이면 좋은 차라고 하는 이는 감별력이 그 다음이다. 위에 말한 모두를 좋다고 하거나, 모두를 좋지 않다고 말하는 이는 장단점을 함께 볼 수 있는 사람 곧 상급의 감정가이다. 무엇 때문이냐 하면 기름[膏]이 밖으로 나오면 번들거리고, 고가 안에 남아 있으면 울퉁불퉁 주름이 지며, 밤을 지나고 찻잎을 채취한 후 시간을 늦잡아 만든 것은 색이 검고, 당일로 만든 차는 색이 누렇다. 찻잎을 찐 후에 강하게 누르면 겉이 평평하고, 느슨하게 누르면 울퉁불퉁해지니, 이는 차와 더불어 모든 초목의 잎이 같다.] _ 陸羽, 『茶經』〈三之造〉

• 山川特異 峻極回環 勢絶如甌 其陽多銀銅 其陰孕鉛鐵 厥土赤墳 厥植惟茶 會建而上 群峰益秀 迎抱相向 草木叢條 水多黃金 茶生其間 氣味殊美 擇之必精 濯之必潔 蒸之必香 火之必良 一失其度 俱爲茶病[산천이 특이하여 험하고 높은 봉우리들로 둘러싸여,

구민 지역과 아주 비슷하다. 그 양지에는 은과 구리가 많이 나고, 그 음지에는 연철이 많아서 흙이 붉은데 거기에 차를 심었다. 건주보다 높고 여러 봉우리가 높이 솟아 서로 이어져 마주보고, 뭇 초목이 무성하고 물에는 광물질이 많은데, 그 사이에서 자라는 차이기에 기미가 특별히 좋다. 잎을 딸 때 반드시 정성을 다하고, 꼭 깨끗이 씻고, 반드시 향을 살리도록 익히고, 불 살핌을 잘 해야 하는데, 만약 한 가지라도 그 정해진 정도를 벗어나면 차는 모두 못쓰게 된다.] _ 宋子安(宋), 『東溪試茶錄』

• 建安之茶 散天下者不爲少 而得建安之精品不爲多 蓋有得之者亦不能辨 能辨矣 或不善于烹試 善烹試矣 或非其時 猶不善也[건안차가 천하에 흩어진 것이 적지 않는데도 건안의 정품차가 많지 않는 것은 대개 건안차를 얻은 사람들이 능히 좋은 차를 구분하기도 하고 못하기도 하며, 혹 잘 달이기도 하고 못하기도 하며, 혹 때를 맞추지 못하기도 해서이다.] _ 黃儒(宋), 『品茶要錄』

• 於穀雨前 採一槍一葉者制之爲末 無得膏爲餅 雜以諸香 失其自然之性 奪其眞味 大抵味清甘而香 久而回味 能爽神者爲上 獨山東蒙山石蘚茶 味入仙品不入凡卉 雖世固不可無茶 然茶性涼 有疾者不宜多食[곡우 전에 일창 일엽의 싹을 따서 가루 내어서 만드는데, 고를 빼고 차 떡을 만든다. 거기에 여러 향을 섞어서 자연스런 성질을 잊고 그 참다운 맛을 빼앗았다. 대체로 차는 맛이 맑고 달며 향기로워, 오랫동안 맛이 남아서 능히 정신을 상쾌하게 하는 것이 상품이다. 오직 산동 몽산 석선차의 맛이 선품에 드니, 평범한 풀로 만든 차는 아니다. 비록 세상에 차가 없어서는 안 되지만, 차의 성질이 차기 때문에 병이 있는 사람이 많이 마

시는 것은 마땅치 않다.] _ 朱權(明), 『茶譜』

- 茶須色香味三美具備 色以白爲上 青綠次之 黃爲下 香如蘭爲上 如蠶豆花次之 以甘爲上 苦澁斯下矣[차는 모름지기 색향미의 세 가지 아름다움이 구비되어야 하는데, 색은 흰 것이 좋고 청록이 다음이며 누런 것은 그 다음이다. 향은 난향이 나는 것이 좋고 잠두화향은 그 다음이며, 맛은 단 것이 좋고 쓰고 떫은 것은 그 다음이다.] _ 羅廩(明), 『茶解』
- 茶芽 古人謂之雀舌麥顆 言至嫩也 今茶之美者 其質素良 而所植之土又美 則新芽一發便長寸餘 其細如針 唯芽長爲上品 以其質幹土力皆有餘故也 如雀舌麥粒極下材耳[차 싹을 옛사람들이 일러 작설이나 맥과라 한 것은 지극히 어리다는 말이었다. 지금 좋은 차는 그 질의 바탕이 좋은 것이니, 심은 땅이 좋아서 새싹이 나면 길이가 한 치 가량 되고 가늘기가 바늘 같다. 오직 차 싹이 좋아서 상품이 되는 것은 질이 뛰어나고 그 땅이 비옥하기 때문이다. 지금은 작설이나 맥과 같은 것은 극히 좋지 않는 재료일 뿐이다.] _ 龍膺(明), 『蒙史』

17

井水不宜茶 정수불의다

茶經云 山水上 江水次 井水最下矣

다경운 산수상 강수차 정수최하의

第一方不近江山卒無泉水 惟當多積梅雨

주1 주2

제일방불근강산졸무천수 유당다적매우

其味甘和 乃長養萬物之水 雪水雖淸 性感重陰

기미감화 내장양만물지수 설수수청 성감중음

寒人脾胃 不宜多積

한인비위 불의다적

교주

- **江水** 『만보전서』와 『다신전』 모두 '江水' 자가 빠져 있다.
- **次** 『만보전서』와 『다신전』 모두 '下' 자로 나와 있다.
- **江** 『만보전서』와 『다신전』 모두 '江' 자가 빠져 있다.
- **山** 『다신전』에는 '山' 자가 빠져 있다.
- **多** 『만보전서』와 『다신전』 모두 '春' 자로 나와 있다.
- **性** 『다신전』에는 '推'로 나와 있다.

· 人 『만보전서』와 『다신전』 모두 '入' 자로 나와 있다.

원문 비교

『다록』 茶經云 山水上 江水次 井水最下矣 第一方不近江 山卒無泉水 惟當多積

『만보전서』 茶經云 山水上 江水下 井水最下矣 第一方不近○ 山卒無泉水 惟當春積

『다신전』 茶經云 山水上 ○○下 井水最下矣 第一方不近○ ○卒無泉水 惟當春積

『다록』 梅雨 其味甘和 乃長養萬物之水 雪水雖淸 性感重陰 寒人脾胃 不宜多積

『만보전서』 梅雨 其味甘和 乃長養萬物之水 雪水雖淸 性感重陰 寒入脾胃 不宜多積

『다신전』 梅雨 其味甘和 乃長養萬物之水 雪水雖淸 推感重陰 寒入脾胃 不宜多積

번역

우물물은 차에 맞지 않다

『다경』에 '산수가 상이요, 강수가 다음, 정수가 가장 아래'라고 했다. 첫 번째 방안은 강이 가까이 없고 산에 샘물마저 없으면, 매우수를 많이 저장해 두는 것이 마땅하다. 그 맛은 달고 조화로우며 오래도록 만물을 길러온 물이다. 눈 녹은 물은 비록 맑으나 성질이 무겁고 차게 느껴져 사람의 비장과 위장을 차게 하므로 많이 저장해 두기에 마땅치 않다.

주해

주1 **第一方不近江山 卒無泉水** 『茶神傳』에는 第一方不近江 卒無泉水로 되어 있다. '제일 방안은 강이 가깝지 않거나 샘물이 없으면'으로 해석하여도 가능하다.

주2 **梅雨** 매실이 익을 무렵인 음력 4~5월경 양자강 유역에서 내리는 장맛비다. 허준의 『東醫寶鑑』 〈水部〉편에 물의 종류 32가지를 자세히 설명했는데 그 종류는 井華水(정화수), 寒泉水(한천수), 菊花水(국화수), 臘雪水(납설수), 春雨水(춘우수), 梅雨水(매우수) 등이다. 매우수는 '매실이 익어갈 무렵인 오월에 내리는 빗물로 성질이 차고 맛이 달며 독이 없어 눈을 밝게 하고 마음을 진정시킨다'고 하였다. 屠隆의 『考槃餘事』 〈택수〉편에서는 天泉(천천), 地泉(지천), 江水(강수), 長流(장류), 井水(정수), 靈水(영수), 丹泉(단천)을 설명하였다.

해설

『다경』에서 육우가 물을 논할 때도 우물물을 제일 뒤에 두었고, 그 이유는 석천수나 강수는 끝없이 흐르고 있기 때문에 언제나 새로운 신선한 물이지만, 우물은 고여 있는 시간이 많고, 또 주변의

환경에 따라 좋지 못한 것들이 섞일 수도 있기 때문이다. 그래서 저자는 우물물보다는 여름철의 매우를 저장했다가 쓰는 것이 좋다고 했다. 이 이론의 근거는 역시 『다경』의 '其水 用山水上 江水中 井水下 揀乳泉石池 慢流者上'에 두고 있다.

우리가 살아오면서 물의 중요성은 예로부터 아주 절실하게 느꼈기에, 물에 관한 저술도 많이 전하고 있다. 우리나라는 좁은 국토에 산하가 수려하여 일찍부터 좋은 물이 많았고, 주변의 어디서나 쉽게 물을 구할 수 있었다. 하지만 중국은 국토도 넓을 뿐 아니라 지층도 우리와 달라 좋은 물을 쉽게 얻을 수 없는 곳이 많았다. 그래서 육우도 물에 관해 많은 말을 했고, 그 후 차에 관계하는 이라면 물에 신경 쓰지 않는 이가 없었다. 그러나 자세히 살펴보면 물길이란 변화가 많아서, 세월이 지나면 좋던 물도 나빠지거나 없어지고, 새로운 좋은 물이 등장하기도 한다. 하지만 대체로 현대문명이 급속도로 발전하여, 자연적인 상태로의 좋은 물은 점점 감소하고 있기에, 지금도 좋은 물 얻기에 우리는 많은 노력을 아끼지 않는다.

〈참고 1〉

• 舟楫供水 舟船將過洋 必設水櫃廣蓄甘泉 以備食飮 盖洋中不甚憂風 而水之有無爲生死耳 華人自西絶洋而來 旣已累日 麗人料其甘泉必盡故 以大瓮載水 鼓舟來迎各以茶米酬之[배들이 장차 바다를 건너려면 반드시 넓은 물통을 만들어서 좋은 물을 가득 채워 먹고 마실 준비를 해야 한다. 일반적으로 바다에는 바람의 심함을 예측할 수 없으니, 물의 유무는 삶과 죽음으로 직결되기 때

문이다. 중국 사람들이 서쪽에서 배를 타고 바다를 건너올 때 며칠이 지나는데, 고려 사람들이 그들의 물이 떨어졌을 것을 감안하여 큰 항아리에 물을 담아 싣고 북을 치며 맞이하여 쌀과 차를 값으로 바꾼다.] _『高麗圖經』

• 論水品 水者日常所用 人多忽之 殊不知天之生人水穀以養之 水之於人不亦重乎 故人之形體有厚薄 年壽有長短 多由於水土之不同 驗之南北可見矣(食物) 凡井水有遠從地脉來者爲上 有從近處江河中滲來者欠佳 又城市人家稠密溝渠汚水雜入井中成鹼用 須煎滾停頓一時候鹼下墜 取上面淸水用之 否則氣味俱惡 而煎茶釀酒作豆腐三事尤不堪也 雨後井水渾濁 須擂桃杏仁連汁 投水中攪留少時 則渾濁墜底矣(食物)[물은 매일 우리에게 필요한 것인데도 많은 사람들이 소홀히 대하고, 하늘이 사람을 살게 하기 위해 물로서 곡식을 기른다는 것을 알지 못하고 있다. 물이 사람들에게 얼마나 중요한 것인가. 그래서 사람들의 몸이 후하고 박함이 있고 수명의 장단이 있는 것이니, 이는 수토가 다르기 때문임을 남북 여러 곳에서 실제로 볼 수 있다. 우물물은 지맥의 먼 곳으로부터 흘러온 것이 좋고, 근처의 강이나 시냇물에서 흘러온 것은 좋지 않다. 또 시중의 인가가 오밀조밀 있는 도랑의 더러운 물이 스며든 것은 물이 변해서 쓸 수 없으니, 한 번 끓여서 찌꺼기를 가라앉히고 위에 맑은 물만 떠서 쓴다. 그렇게 하지 않으면 물이 나빠서 차를 끓이거나 술을 담거나 두부를 만드는 물로 사용할 수 없다. 비가 내린 우물물은 혼탁하니 살구 씨 즙을 내서 넣고 조금 기다리면 그 혼탁한 것들이 가라앉는다.] _ 許浚, 『東醫寶鑑』

〈참고 2〉

허준이 소개한 33가지의 물

1)정화수(井華水) : 자정 이후 이른 새벽에 처음 우물에서 긷는 물

2)한천수(寒泉水) : 찬 샘물

3)국화수(菊花水) : 국화 뿌리 밑에서 나는 물로 일명 국영수(菊英水)라고도 한다.

4)납설수(臘雪水) : 섣달 대한(大寒) 무렵에 내린 눈을 녹인 물

5)춘우수(春雨水) : 정월 이후 이른 봄에 내린 빗물

6)추로수(秋露水) : 가을에 내린 이슬

7)동상(冬霜) : 겨울에 내린 서리 녹은 물

8)박(雹) : 우박을 녹인 물

9)하빙(夏氷) : 여름 얼음을 녹인 물

10)방제수(方諸水) : 금조개 껍데기로 밝은 달을 향하고 받는 이슬

11)매우수(梅雨水) : 매화 열매 익는 5월의 빗물

12)반천하수(半天河水) : 나무나 왕대를 잘라낸 그루터기에 고인 물

13)옥류수(屋霤水) : 짚으로 이엉을 만들어 이은 지붕에서 흘러내린 물

14)모옥누수(茅屋漏水) : 띠 풀로 덮은 집의 지붕에서 흘러내린 물

15)옥정수(玉井水) : 옥이 나는 곳에서 솟아나는 물

16)벽해수(碧海水) : 깊은 바닷물

17)천리수(千里水) : 멀리서 흘러 내려온 강물

18)감란수(甘爛水) : 많이 휘저어서 거품이 생긴 물

19)역류수(逆流水) : 거슬러 돌아 흐르는 물

20)순류수(順流水) : 낮은 데로 순조롭게 흘러 내려온 물

21)급류수(急流水) : 빠르게 흐르는 개울물

22)온천(溫泉) : 뜨거운 샘물

23)냉천(冷泉) : 맛이 떫고 찬 물. 민간에서는 초수(椒水)라고도 한다.

24)장수(漿水) : 좁쌀죽을 끓인 뒤 위에 뜨는 맑은 물

25)지장(地漿) : 누런 흙물이 가라앉고 그 위에 뜨는 맑은 물

26)요수(潦水) : 인적이 없는 산이나 골짜기에 새로 생긴 흙구덩이에 고인 물. 일명 무근수(無根水)라고도 한다.

27)생숙탕(生熟湯) : 끓인 물과 찬물을 반반씩 섞은 물. 음양탕이라고 하며, 강물과 샘물을 합한 것 또한 음양탕이라고 한다.

28)열탕(熱湯) : 뜨겁게 끓인 물

29)마비탕(麻沸湯) : 생삼[麻]을 삶은 물

30)조사탕(繰絲湯) : 누에고치를 켜내고 남은 물

31)증기수(甑氣水) : 밥 찌는 시루 뚜껑에 맺힌 물

32)동기상한(銅器上汗) : 구리로 만든 밥그릇 뚜껑에 맺힌 물

33)취탕(炊湯) : 하룻밤 묵은 숭늉

18

貯水 저수

貯水甕須置陰庭中 覆以紗帛 使承星露之氣
주1 주2
저수옹수치음정중 부이사백 사승성로지기

則英靈不散 神氣常存 假令壓◯以木石 封以紙箬
주3
즉영령불산 신기상존 가령압이목석 봉이지약

曝於日下 則外耗其神 內閉其氣 水神敝矣
폭어일하 즉외모기신 내폐기기 수신폐의

飮茶惟貴乎茶鮮水靈 茶失其鮮 水失其靈
음다유귀호다선수령 다실기선 수실기령

則與溝渠水何異
주4 주5
즉여구거수하이

교주

• **之** 『다록』에는 '之'가 없으나 『만보전서』와 『다신전』에는 '之' 자가 첨가 되었다.

• **於** 『만보전서』와 『다신전』 모두 '于' 자로 나와 있다.

• **其** 『다신전』에는 '散'으로 나와 있다.

• 乎 『만보전서』와 『다신전』 모두 '夫' 자로 나와 있다.

• 水 『만보전서』와 『다신전』 모두 '水' 자가 빠져 있다.

원문 비교

『다록』 貯水甕 須置 陰庭中 覆以紗帛 使承星露之氣 則英靈不散 神氣常存

『만보전서』 貯水甕 須置 陰庭中 覆以紗帛 使承星露之氣 則英靈不散 神氣常存

『다신전』 貯水甕 須置 陰庭中 覆以紗帛 使承星露之氣 則英靈不散 神氣常存

『다록』 假令壓以木石 封以紙箬 暴於日下 則外耗其神 內閉其氣 水神敝矣

『만보전서』 假令壓之以木石 封以紙箬 暴于日下 則外耗其神 內閉其氣 水神敝矣

『다신전』 假令壓之以木石 封以紙箬 暴于日下 則外耗散神 內閉其氣 水神敝矣

『다록』 飮茶惟貴乎茶鮮水靈 茶失其鮮 水失其靈 則 與溝渠水何異

『만보전서』 飮茶惟貴夫茶鮮水靈 茶失其鮮 水失其靈 則 與溝渠○何異

『다신전』 飮茶惟貴夫茶鮮水靈 茶失其鮮 水失其靈 則 與溝渠○

何異

번역

물의 저장

물 저장하는 항아리는 반드시 그늘진 뜰에 두고, 비단으로 덮어 별과 이슬기운을 받게 하면, 꽃다운 영기가 흩어지지 않고 신령스러운 기운이 늘 보존된다. 만약 나무나 돌로 누르고 종이나 죽순 껍질로 봉하여 햇볕에 두면 밖으로는 신기가 없어지고, 안으로는 기운이 막혀 물의 신령함이 사라진다. 차 마실 때 오직 차의 신선함과 물의 신령스러움을 귀중하게 여기는데, 차가 그 신선함을 잃고 물이 그 신령함을 잃으면 도랑물과 무엇이 다르겠는가.

주해

주1 **覆以紗帛** 覆은 덮을 부, 넘어질 복의 두 가지 의미가 있으나 이 문장에서는 비단으로 '덮어'로 해석된다. '紗帛'은 얇은 비단 천이니, 물과 공기가 통하여 불필요한 것을 날려 보내고, 대기의 기운을 받게 하려는 것이다.

주2 **星露之氣** '성신상로(星辰霜露)의 기운'이란 말로 밤하늘의 별과 이슬이며 서리의 기운 곧 우주의 기운과 물이 융화를 이루도록 한다.

주3 **箬** 죽순껍질

주4 **溝渠** 도랑물, 개골창 물

주5 **乎~何異** 어찌 다르겠는가?

해설

좋은 물을 얻기 힘든 곳에서는 물을 저장해서 쓸 수밖에 없다. 지난 날 우리도 우물에서 물을 길어다가 항아리에 두고 사용하지 않았던가? 더구나 차인들에겐 좋은 물이 너무 소중한 것이기에, 그것을 저장하는 방법도 까다로웠다. 항아리에 물을 채우고 천이나 비단으로 입구를 덮어서 대기와 통하게 하여 자연의 새벽이슬을 맞게 하고, 물이 가진 신령스러운 기운을 길러서, 차 맛을 더욱 좋게 하려고 애썼다. 물 항아리를 두는 위치와 주변 여건들을 보아 물의 기운을 잘 살릴 수 있는 곳에 두었다.

〈참고〉 물 항아리의 관리

- 甘泉旋汲用之斯良 丙舍在城 夫豈易得 理宜多汲 貯大甕中 但忌新器 爲其火氣未退 易於敗水 亦易生蟲 久用則善 最嫌他用 水性忌木 松杉爲甚 木桶貯水 其害滋甚 挈瓶爲佳耳 貯水甕口 厚箬泥固 用時旋開 泉水不易 以梅雨水代之[좋은 샘물을 길어 곧 쓰는 것이 좋지만, 거처가 성 안에 있으면 어찌 쉽게 얻을 수 있겠는가. 그러니 많이 길어서 큰 항아리에 저장하는 것이 이치에 맞다. 다만 새 항아리는 꺼려야 하니, 그 불기운이 아직 남아 있어서 물을 못 쓰게 하기 쉽고 또 벌레가 생기기 쉽다. 그래서 오래 사용한 것이 좋지만 다른 용도로 사용된 것은 절대 안 된다. 물의 성질이 나무를 싫어하는데, 소나무나 삼나무는 더욱 심하다. 나무통에 물을 저장하면 그 해가 자심하니, 손으로 들 수 있는 병이 좋다. 물을 저장한 항아리의 입구는 죽순껍질로 두껍게 막고 진흙으로 발라 봉했다가, 사용할 때 바로 돌려 연다. 샘물을

얻기가 쉽지 않으면 매우수로 대신한다.] _ 許次紓, 『茶疏』〈貯水〉

- 取白石子入甕中 能養其味 亦可澄水不淆 茶記言養水置石子於甕 不惟益水 而白石淸泉 會心不遠. 夫石子須取其水中 表裏瑩徹者佳 茗笈 屠幽叟 本畯[흰 돌 자갈들을 항아리에 넣으면 능히 물맛을 좋게 하고, 또한 맑아져서 흐려지지 않는다. 『다기』에 이르기를 항아리 안에 자갈들을 넣어두면 물맛이 좋아진다고 했으니, 물에 다른 도움이 없어도 흰 돌이 물을 맑게 하는 것은 생각한 바와 멀지 않다. 『명급』에는 대체로 자갈을 물에 넣을 때 돌이 훤하게 맑은 빛을 띤 것이 좋다고 하였다.] _ 屠隆(明), 『茶說』
- 梅水須多置器於空庭中取之 幷入大甕 投伏龍肝兩許 包藏月餘汲用 至益人 伏龍肝 竈心中乾土也[매우수는 빈 뜰에 그릇을 많이 두고 받아서 큰 항아리에 붓고, 복룡간 한 량 정도를 넣고 포장해서 한 달 가량 두었다가 길어서 쓰면 사람에게 이롭다. 복룡간이란 부엌 아궁이 바닥에 오래된 마른 흙을 말한다.] _ 羅廩(明), 『茶解』

19

茶具 다구

桑苧翁煮茶用銀瓢 謂過於奢侈

상저옹자다용은표 위과어사치

後用磁器 又不能持久[주1]

후용자기 우불능지구

卒歸于銀[주2] 愚意銀者[주3] 宜貯朱樓華屋[주4] 若山齋茆舍[주5]

졸귀우은 우의은자 의저주루화옥 약산재모사

惟用錫瓢 亦無損于香色味也 但銅鐵忌之

유용석표 역무손우향색미야 단동철기지

교주

- 謂 『다신전』에는 '調'로 나와 있다.
- 持久 『만보전서』에는 '詩友'로 『다신전』에는 '耐久'로 나와 있다.
- 于 『만보전서』와 『다신전』 모두 '於'로 나와 있다.
- 宜 『다신전』에는 '宜' 자가 빠져있다.
- 齋茆 『다신전』에는 '茅齋'로 나와 있다.
- 于 『만보전서』와 『다신전』 모두 '於'로 나와 있다.

• 香 『만보전서』와 『다신전』 모두 '香' 자가 빠져 있다.

• 但 『만보전서』와 『다신전』 모두 '但' 자가 빠져 있다.

원문 비교

『다 록』 桑苧翁煮茶用銀瓢 謂過於奢侈 後用磁器 又不能持久 卒歸于銀

『만보전서』 桑苧翁煮茶用銀瓢 謂過於奢侈 後用磁器 又不能詩友 卒歸於銀

『다 신 전』 桑苧翁煮茶用銀瓢 調過於奢侈 後用磁器 又不能耐久 卒歸於銀

『다 록』 愚意銀者 宜貯 朱樓華屋 若山齋茆舍 惟用錫瓢 亦無損于香

『만보전서』 愚意銀者 宜貯 朱樓華屋 若山齋茆舍 惟用錫瓢 亦無損於○

『다 신 전』 愚意銀者 ○貯 朱樓華屋 若山茅齋舍 惟用錫瓢 亦無損於○

『다 록』 色味也 但銅鐵忌之

『만보전서』 色味也 ○銅鐵忌之

『다 신 전』 色味也 ○銅鐵忌之

번역

다구

육우는 차를 달일 때 은 표주박을 쓰는 것은 사치가 지나치다 하여, 후에 자기를 썼으나 또한 오래 쓸 수 없어서, 끝내 다시 은으로 돌아갔다. 내 생각으로는 은그릇은 화려한 집에 두어 마땅하고, 산중의 집이나, 재각에서는 오직 주석의 탕관을 써도, 또한 향기와 빛깔과 맛에 손실이 없다. 다만 구리와 쇠그릇은 피해야 한다.

주해

주1 **桑苧翁** 『다경』을 저술한 陸羽의 自號로, 그는 復州 사람이다. 字는 鴻漸, 自號는 桑苧翁, 景陵子, 東岡子 등이다.

주2 『茶經』 〈四之器〉의 '鍑' 부분이다. 본문의 내용에 瓢는 鍑의 뜻으로 쓰였다.

주3 **愚意** 어리석은 생각이란 자신의 생각을 낮춰서 말함이다.

주4 **朱樓華屋** 朱樓華閣. 丹青으로 彩色한 華麗한 누각이나 집

주5 **山齋茆舍** 산집과 띠로 지은 집, 즉 보통 집

해설

다구 중에도 찻잔과 관에 관해서만 언급했다. 그것도 모양이나 만든 기법보다는 재질에 관한 것만 말하고 있다. 차 정신이 소박함에 뿌리내리고 있기에, 은을 사치스럽다고 안 쓰려고 했으나 그 내구성 때문에 결국은 은표를 사용했다. 잔의 재료는 차의 맛에

바로 영향을 주기에 더욱 강조했다.

〈참고〉

- 瓢 一曰犧杓 剖瓠爲之 或刊木爲之 晉舍人杜毓荈賦云 酌之以匏 匏 瓢也 口闊 脛薄 柄短 永嘉中 餘姚人虞洪 入瀑布山 採茗 遇一道士 云 吳丹丘子 祈子他日甌犧之餘 乞相遺也 犧 木杓也 今常用以梨木爲之[표주박을 일명 희표라고 한다. 박을 갈라서 만들거나 혹 나무를 깎아서 만들기도 한다. 서진 때 사인을 지낸 두육의 『천부』에 이르기를 '박으로 잔질한다' 했으니, 박은 표주박이다. 입은 넓고 정강이(종아리)는 작으며 자루는 짧다. 영가 연간에 여요 사람 우홍이 폭포산에 들어가 차를 따다가 한 도사를 만났는데, 이르기를 '나는 단구자인데 그대에게 바라노니 훗날 당신이 사발이나 국자로 차를 마시고, 여유가 있으면 나에게 남겨 주구려'라 했다. 희(犧)는 나무 표주박이다.] _『茶經』〈四之器〉
- 鍑(音輔 或作釜 或作鬴) 鍑 以生鐵爲之 今人有業冶者 所謂急鐵 其鐵以耕刀之趄 煉而鑄之 內摸土 而外摸沙 土滑於內 易其摩滌 沙澁於外 吸其炎焰 方其耳 以正令也 廣其緣 以務遠也 長其臍 以守中也 臍長 則沸中 沸中 則末易揚 末易揚 則其味淳也 洪州 以瓷爲之 萊州 以石爲之 瓷與石皆雅器也 性非堅實 難可持久 用銀爲之 至潔 但涉於侈麗 雅則雅矣 潔亦潔矣 若用之恒 而卒歸於鐵也[솥은 생철로 만드는데 지금 야금에 종사하는 사람(대장장이)이 급철이라는 것이다. 그 쇠는 쟁기머리(보습)가 너무 닳아서 더 나가지 않을 정도로 쓴 것을 녹여서 부어 만든다. 안쪽

의 거푸집에는 흙을 바르고 바깥쪽 거푸집에는 모래를 바른다. 안쪽을 흙으로 하면 매끄러워 씻어내기가 쉽고, 밖을 모래로 까칠까칠하게 하면 불길을 잘 흡수한다. 손잡이를 모나게 하는 것은 정상적인 운기(運氣)를 위함이고, 구연부를 넓게 한 것은 불길이 새나가지 않고 고르게 퍼져 빨리 끓고 열 보존을 오래 하기 위함이다. 솥의 배꼽(솥전의 아랫부분)을 길게 한 것은 열이 가운데를 벗어나지 않아서 고루 끓도록 한 것이다. 배꼽이 길면 가운데가 끓고, 가운데가 끓으면 차 가루가 잘 올라오고(말발이 잘 올라오는 현상이 일어나고) 가루가 잘 올라오면 그 맛이 좋고 향이 부드럽다. 홍주에서는 (솥을) 자기로 만들고 래주에서는 돌로 만든다. 자기든 돌이든 모두 우아한 그릇이나 견고한 성질은 아니어서 오래가지는 못한다. 은으로 만들어 쓰면 지극히 깨끗하지만, 지나치게 사치스럽다고 간섭을 받는다. 우아한 것이 좋으면 우아한 것을 택하고, 깨끗한 것이 좋으면 깨끗한 것을 택하지만, 만약 오래 쓸 수 있는 것이라면 끝내 쇠에 귀착될 수밖에 없다.] _『茶經』〈四之器〉

- 茶甌 古人多用建安所出者 取其松紋兔毫爲奇 今淦窰所出者與建盞同 但注茶 色不淸亮 莫若饒瓷爲上 注茶則淸白可愛[찻사발은 고인들이 건안의 것을 많이 사용했는데, 그것은 솔잎이나 토끼털처럼 기이한 무늬를 가졌다. 오늘날 감요에서 만든 것이 건잔과 같다고 하나, 다만 차를 따랐을 때 탕색이 밝게 맑지 못하여, 饒窯에서 만든 자기보다 낫지 못하니, (요요의 것은) 차를 따르면 맑은 흰색이 볼만하다.] _朱權, 『茶譜』
- 茶盞 茶色白 宜黑盞 建安所造者 紺黑紋如兎毫 其壞微厚 熁之久

熱難冷 最爲要用 出他處者 或薄或色紫 不及也[찻잔은 차 색이 희면 검은 잔이 어울린다. 건안에서 만든 것은 검은 감색 무늬가 토끼털처럼 놓이고, 두께가 약간 두꺼워서 잔을 한 번 데우면 오랫동안 식지 않아서 아주 긴요하게 쓰인다. 다른 곳에서 나오는 것은 혹 얇거나 혹 색이 자색으로 미치지 못한다.] _ 蔡襄, 『茶錄』

- 品茶用甌 白瓷爲良 色浮浮而 香不散之故也[차를 품하는 사발은 백자가 좋으니, 색이 잘 떠오르고 향기는 사라지지 않기 때문이다.]
- 瓶要小者易候湯 又點茶湯有準 古人多用鐵 謂之罌罌 宋人惡其生鉎 以黃金爲上 以銀次之 今予以瓷石爲之 通高五寸 腹高三寸 項長二寸 嘴長七寸 凡候湯 不可太過 未熟則沫浮 過熟則茶沉[다병(다관의 역할을 함)은 작은 것이 탕을 살피기 쉽고, 점다할 때에 물의 양을 맞추기 쉽다. 옛사람들이 쇠로 만든 것을 많이 사용하여 앵앵이라 불렀다. 송나라 사람들은 그 녹나는 것을 싫어하여 황금으로 만든 것을 제일로 치고, 은으로 된 것을 다음으로 생각했다. 지금 나는 자기로 만들었는데, 높이 다섯 치, 배(불룩한 부분) 높이 세 치, 목 길이 두 치, 부리의 길이는 일곱 치다. 무릇 탕을 보살핌은 지나치면 안 되니, 탕이 덜 끓으면 차 가루가 뜨고, 지나치게 끓으면 차 가루가 가라앉는다.] _ 朱權, 『茶譜』
- 瓶要小者易候湯 又點茶注湯有準 瓷器爲上 好事家以金銀爲之 銅錫生鉎不入用[탕병은 작은 것이 불 살피기에 좋고 또 점다할 때 불 붓는 기준을 세우기에도 좋다. 자기로 된 것이 좋고, 호사

가들은 금은으로 만들어 쓰고, 구리와 주석은 녹이 슬어서 만들지 않는다.] _ 張謙德(明), 『茶經』

• 茶甌 古取建窯兎毛花者 亦鬪碾茶用之宜耳 其在今日 純白爲佳 兼貴於小 定窯最貴 不易得矣 宣 成 嘉靖 俱有名窯 近日倣造 間亦可用 次用眞正回靑 必揀圓整. 勿用呰窳 茶注以不受他氣者爲良 故首銀次錫 上品眞錫 力大不減 愼勿雜以黑鉛 雖可淸水 却能奪味 其次內外有油瓷壺亦可 必如柴 汝 宣 成之類 然後爲佳 然滾水驟澆 舊瓷易裂 可惜也 近日饒州所造 極不堪用 往時龔春茶壺 近日時大彬所製 大爲時人寶惜 蓋皆以粗砂製之 正取砂無土氣耳 隨手造作 頗極精工 顧燒時 必須火力極足 方可出窯 然火候少過 壺又多碎壞者 以是益加貴重 火力不到者 如以生砂注水 土氣滿鼻 不中用也 較之錫器 尙減三分 砂性微滲 又不用油 香不竄發 易冷易餿 僅堪供玩耳 其餘細砂 及造自他匠手者 質惡製劣 尤有土氣 絶能敗味 勿用勿用[다구라면 옛날에는 건주요에서 생산되는 兎毫盞을 취했는데, 그것도 맷돌에 갈아서 차 겨루기 할 때 알맞았을 뿐이었다. 그러던 것이 오늘날에는 순백색이 좋고, 아울러 작은 것을 귀히 여긴다. (그래서) 정주요에서 생산되는 것이 제일 좋지만 얻기가 쉽지 않다. 선덕, 성화, 가정 연간에는 이름난 가마였고, 근래에는 본떠서 만든 작품이 나와 간혹 쓰이기도 한다. 다음으로 쓸 만한 것은 올바르게 제대로의 회청으로 된 것이니, 반드시 둥글고 가지런한 것을 골라야 한다. 이지러지고 못생긴 것은 쓰지 않는다. 다관은 다른 기운(냄새)을 쏘이지 않은 것이 좋으니, 은이 제일이고 주석이 다음이다. 상품(上品)의 좋은 주석은 효력이 커서 등급이 낮지 않으나, 흑연이

섞이지 않도록 삼가야 한다. (흑연이 섞이면) 비록 물은 맑게 할 수 있어도, 도리어 맛(차맛)을 빼앗을 수 있다. 그 다음으로는 안팎으로 유약을 바른 자기병을 쓸 수 있다. (하지만) 반드시 채요 여요 선덕요 성화요 같은 곳에서 만든 것이라야 좋은 것으로 친다. 그러나 끓는 물을 갑자기 부으면 오래된 자기들은 갈라지기 쉬우니 안타까운 일이다. 근자에 요주에서 만든 것은 더욱 사용하는데 견디기 어렵다. 지난날 공춘이 만든 다호나, 근자에 시대빈이 만든 것들은 당시 사람들이 크게 보배로이 아꼈다. 대체로 모두 거친 모래로 만들었지만, 모래를 바르게 사용해서 흙냄새가 나지 않기 때문이다. 솜씨대로 만들었지만 지극히 정교하니, 불을 땔 때도 잘 살펴서 반드시 화력이 충족했을 때 이르러서 바야흐로 가마에서 꺼냈다. 그러나 불기운이 조금만 지나쳐도 호(壺)가 부서지고 깨지는 것이 많으니, 이로 인해서 더욱 귀중하다. 불기운이 정도(程度)에 이르지 못한 것은 생모래에 물을 붓는 것과 같아서, 흙냄새가 코에 가득하여 사용하기에 알맞지 않다. 이것(공춘과 시대빈의 작품들)을 주석으로 된 것과 비교하면, 오히려 삼할 쯤 못하다. 모래의 성질이 조금씩 스며나고 또 유약을 바르지 않아서, 향이 스며들고 피어나지 않아, 식기 쉽고 변하기 쉬워, 겨우 완상물[감상물]로 제공되기에 알맞을 뿐이다. 그 나머지 가는 모래로 만들었거나 다른 장인의 손으로 만든 것들에 이르면 나쁜 재질로서 솜씨 없게 만들어서, 흙냄새가 더욱 나고 꼭 차맛을 버리니 결코 사용해서는 안 된다.] _ 許次紓(明), 『茶疏』

• 邢客與越人　형주 사람과 소흥 사람
皆能造玆器　모두 찻잔 만드는 솜씨 좋다네
圓如月魂墮　둥글기 보름달 혼이 서린 듯하고
輕如雲魄起　가볍기는 구름의 넋 같다네
棗花勢旋眼　연못 위의 대추꽃 같이 눈에 맴돌고
蘋沫香沾齒　마름 같이 뜬 향기 입 안 가득
松下時一看　소나무 아래서 거슬러 보니
支公亦如此　도림 스님도 이같이 했다네

_ 피일휴의 〈다중잡영〉 중 제9수. 도림은 晉代의 支遁을 말한다.

20

茶盞 찻잔

盞以雪白者爲上 藍白者不損茶色 次之

잔이설백자위상[주1] 람백자불손다색 차지

교주

• 者 『만보전서』와 『다신전』 모두 '者' 자가 빠져 있다.

원문 비교

『 다 록 』 盞以雪白者爲上 藍白者 不損 茶色 次之

『만보전서』 盞以雪白者爲上 藍白○ 不損 茶色 次之

『 다 신 전 』 盞以雪白者爲上 藍白○ 不損 茶色 次之

번역

찻잔

잔은 눈처럼 흰 것이 가장 좋고, 푸르스름한 흰색의 잔은 차 빛깔을 해치지 않아 다음이다.

주해

주1 **雪白** 눈처럼 흰색. 포차(泡茶)를 마실 때는 차의 색을 감상하기에 가장 좋은 색이 흰색이다. 초보자일수록 백자 다기를 사용함이 마땅하다. 하지만 송대는 가루차를 마셔서 차색이 희기 때문에 찻잔은 검은색, 청흑색이 좋다고 하였다.

- 茶色白 宜黑盞 建安所造者紺黑 紋如兎毫 _ 蔡襄(宋), 『茶錄』
- 盞色貴青黑 玉毫條達者爲上 _ 徽宗(宋), 『大觀茶論』

해설

요사이 사람들이 차를 우려 마실 때에도 잔의 내부가 진하게 착색된 것을 사용하는 경우가 종종 보인다. 이는 잘못된 것이다. 일본처럼 가루차를 격불해서 마신다면 차 그릇의 색이 검거나 청색이면 그 유화의 운치를 살릴 수 있지만, 우리 차에서는 기준이 다르다. 차의 특장이 색향기미라면 그런 진한 그릇에 담아서 어떻게 탕의 본색을 감상할 수 있으며, 어떤 기록에 그런 근거를 찾을 수 있는가? 차 그릇을 만드는 이들도 명망이나 예술적 가치를 말할 것이 아니라, 유념해야 할 기본이다. 이런 기본이 자리 잡지 않았으면 그 다음은 말할 것도 없다.

〈참고〉

- 一壺一盞 不宜妄置 雖有美食 不如美器[병 하나 잔 하나라도 함부로 취급하는 것은 옳지 않으니, 비록 좋은 음식이 있다 해도 좋은 그릇에 담는 것 같지 못하다.] _ 程作舟(清), 『茶社便覽』

• 檀几叢書 品茶用甌 白瓷爲良 所謂 '素瓷傳靜夜 芳氣滿閑軒'也[단궤총서에 이르기를, 차를 품하는 그릇은 백자가 좋으니, 이른바 '고요한 밤 흰 자기의 차는 아름다운 향기로 고요한 집안을 가득 채우네'이다. _ 陸廷燦(淸), 『續茶經』

• 至名手所作 一壺重不數兩 價每一二十金 能使土與黃金爭價[명인들이 만든 작품에 이르면, 병 하나의 값이 몇 량을 넘어 하나의 값이 일이십 금에 이르니, 능히 흙 값이 황금 값과 같더라.] _ 周高起, 『陽羨茗壺系』

21

拭盞布 식잔포

飮茶前後 倶用細麻布拭盞 其他易穢不宜用

음다전후 구용세마포식잔 기타이예불의용

(주1: 易, 주2: 宜)

교주

- 易 『만보전서』와 『다신전』 모두 '物' 자로 나와 있다.
- 宜 『다신전』에는 '堪'으로 나와 있다.

원문 비교

『다 록』 飮茶前後 倶用細麻布拭盞 其他易穢不宜用

『만보전서』 飮茶前後 倶用細麻布拭盞 其他物穢不宜用

『다신전』 飮茶前後 倶用細麻布拭盞 其他物穢不堪用

번역

잔 닦는 천[다건]

차 마시기 전후에 세마포로 잔을 닦는다. 그밖에 다른 것은 더럽혀지기 쉬우므로 쓰기에 마땅치 않다.

주해

주1 **細麻布** 가는 삼실로 짠 매우 고운 베

주2 **拭盞** 拭은 닦을 식으로, 잔을 닦다는 의미다. 허차서의 『茶疏』〈湯滌〉에도 '湯銚甌注 最宜燥潔 每日晨興 必以沸湯蕩滌 用極熟黃麻巾帨 向內拭乾'[탕을 끓이는 솥과 사발과 관은, 깨끗하게 잘 건조된 것이 좋다. 매일 새벽에 일어나서 반드시 끓인물로 흔들어 씻고 아주 부드러운 누런 삼베 수건을 사용하여 안을 닦고 말려] 다구를 깨끗이 닦고 건조하는 것을 알 수 있다.

해설

차를 마시는 데는 청결이 제일 중요하기 때문에 다건을 사용한다. 이것은 우리가 부엌에서도 잘못 취급하여 더럽게 되기 쉽다. 그래서 말리기 간편하고 물 빠짐이 좋은 삼베로 된 것을 권장하고 있다. 어렸을 때 시골에서 보면 행주는 물론 수건도 삼베로 된 것을 많이 사용했다. 사실 들차회 같은 곳에 가 보면, 다건의 청결도가 못 마땅할 때가 많다. 그럴 때는 차라리 식탁용 휴지를 놓고 사용하는 지혜도 필요하다.

〈참고〉

- 巾以絁布爲之 長二尺 作二枚 互用之 以潔諸器[다건은 올이 굵은 비단이나 삼베로 길이가 두 자 되게 만든다. 두 장을 만들어서 번갈아 사용하여 모든 그릇을 깨끗하게 한다.] _ 『茶經 〈四之器〉』
- 司職方 名成式 字如素 號潔齋居士 互鄕童子 聖人猶且與其進 況端方質素 經緯有理 終身涅而不緇者 此孔子之所以與潔也[사직방의 이름은 성식이고, 자는 여소(생명주)이며, 호는 결재거사이다. 호향의 동자는 성인도 오히려 그와 함께 나아가려 했는데, 하물며 단아 · 방정하고 질박 · 검소하며, 경위(經緯)에 도리(道理)가 밝고 종신토록 검은 물을 들여도 검어지지 않는 것임에랴. (말할 것도 없으니) 이것이 공자께서 깨끗함과 함께하는 까닭이다.] _ 審安老人(宋)『茶具圖贊』
- 受汚 拭抹布也 _ 錢椿年(明), 『茶譜』

分茶盒 분다합

주1

以錫爲之 從大壜中分用 用盡再取

주2 주3

이석위지 종대담중분용 용진재취

교주

• 『만보전서』와 『다신전』에는 모두 이 항목이 빠져 있다.

원문 비교

『 다 록 』 以錫爲之 從大壜中 分用 用盡再取

『만보전서』 ○̇

『다신전』 ○̇

번역

차를 나누어 쓰는 그릇

주석으로 만든다. 큰 단지에서 나누어 담아서 쓰고, 다 쓰면 다시 덜어 쓴다.

주해

주1 **分茶盒** 차를 큰 항아리에 잘 담아 오래 저장할 때 자주 열어서 공기와 닿게 하면, 습기나 여러 불순한 것들과 접촉되어 변질되기 쉬우므로, 며칠 안에 쓸 것은 작은 그릇에 나누어 담아서 쓰고, 다 쓰면 또 항아리에서 덜어 쓰도록 한 것이다.

주2 **壜** 술 단지, 술병이지만 이 문장에서는 차를 보관하는 단지를 말한다. 罎(담)과 同字다.

주3 **分用** 나누어 쓴다. 큰 단지에 차를 두고 필요한 만큼만 덜어서 사용하는 것이 차가 변하지 않고 오래 유지되는 방법이다. 〈茶變不可用〉에서 '저장할 때 법대로 하지 않으면 처음에는 녹색으로 변하고, 다시 황색으로 변하고, 세 번째는 흑색으로 변하고, 네 번째는 흰 색이 된다. 이런 차를 마시면 위장이 차가와 지고, 심하면 수척한 기운이 쌓이게 된다'고 하였다.

해설

옛날에는 차의 보관이 쉽지 않았다. 일정한 온도를 유지해야 하고 습기를 막아야 했으며, 청결도 유지해야 했다. 그래서 가장 좋은 용기가 흙으로 구운 용기였다. 값도 저렴하고, 공기의 유통도 어느 적정선을 유지시키며, 차의 본성을 유지시키려고 노력하였다. 곧 큰 질그릇에 보관하면서 그때그때 필요한 만큼을 덜어서 사용하도록 하여, 가능한 외부와의 접촉을 차단시키려 했다. 그래서 고안한 것이 작은 나눔 보관 그릇이다. 재질을 주석으로 한 것은 주석이 차에 해를 주지 않는 금속이기 때문이다.

23

茶道[衛] 다도[위]

造時精 藏時燥 泡時潔 精燥潔 茶道盡矣

조시정 장시조 포시결 정조결 다도진의

교주

• 『만보전서』와 『다신전』에는 모두 이 항목이 '茶衛'로 나와 있다.

원문 비교

『 다 록 』 造時精 藏時燥 泡時潔 精燥潔 茶道盡矣

『만보전서』 造時精 藏時燥 泡時潔 精燥潔 茶衛盡矣

『 다 신 전 』 造時精 藏時燥 泡時潔 精燥潔 茶衛盡矣

번역

차를 만들 때는 정성을 다하고, 저장할 때는 건조하게 하며, 우릴 때 청결하게 한다. 정성을 다하고 건조하게 하고 청결하면 다도를 다한 것이다.

주해

주1 **茶道** 茶道라는 단어는 여러 뜻이 있다. ① 차를 하나의 修道의 경지로 올려서 일상과는 다른 분야로 인정하려는 것 ② 차를 길러서 채취하여 만들고, 보관하고, 우려 마시고 하는 일체의 절차를 가리키는 말[우리나라에서는 주로 이런 뜻이다.] 중국은 당나라 때 육우를 데려다 기른 지적스님의 시에도 나오는 단어다.

해설

차가 우리 생활에 미치는 영향이 왜 큰가에 관해 조금만 생각해도 알 수 있도록 한 내용이다. 그 자체가 만드는 이의 정성과, 소중하게 갈무리 한 사람의 뜻과, 우리는 이의 솜씨가 가득한 것이기 때문이다. 이 정조결(精燥潔)이라는 세 가지는 우리 인격에 직결되는 것이니, 조금도 소홀히 할 수 없고, 차 생활의 모든 부분에서 반드시 지켜져야 한다.

그리고 '다도'라는 말도 함부로 왜곡되게 사용하여, 흡사 지고지존한 일처럼 차별화하는 것은 옳지 않는 행위다.

〈참고〉

- 採茶欲精 藏茶欲燥 烹茶欲潔[찻잎을 딸 때는 온 마음을 쏟고, 차는 건조한 곳에 갈무리하고, 달일 때는 깨끗하게 해야 한다.] _ 許筠, 『閑情錄』

茶神傳 跋文 다신전 발문

주1

戊子雨際 隨師於方丈山 七佛啞[亞]院 謄抄下來

주2 주3 주4 주5

무자우제 수사어방장산 칠불아원 등초하래

更欲正書 而因病未果

갱욕정서 이인병미과

修洪沙彌 吋[時]在侍者房 欲知茶道 正抄亦病未終

주6 주7 주8

수홍사미 두[시]재시자방 욕지다도 정초역병미종

故禪餘强命管城子成終 有始有終 何獨君子爲之

주9 주10

고선여강명관성자성종 유시유종 하독군자위지

叢林或有趙州風 而盡不知茶道 故抄示可畏

주11 주12 주13

총림혹유조주풍 이진부지다도 고초시가외

庚寅中春 休菴病禪 雪窓擁爐 謹書

주14 주15

경인중춘 휴암병선 설창옹로 근서

교주

- **七佛啞[亞]院** '啞'는 벙어리라는 뜻으로 참선 시에 묵언으로 지내기 때문에 붙은 것으로 본다. 한편 '亞'는 구들을 놓은 모양이 열효율을 위해 '亞' 자 모양으로 놓은 데서 왔다고 한다.
- **吋[時]** '吋'는 '두'로 읽으면 '꾸짖다'의 뜻이고, '촌'으로 읽으면 요사

이 길 이 단위로 말하는 '인치'라는 뜻이다. 두 가지의 뜻이 모두 글의 내용과 맞지 않아서 '時'의 오기로 본다.

번역

다신전의 끝에 붙이는 글

1828년[戊子] 여름[비가 내리는 계절]에 스님을 따라 방장산 칠불아원에 갔다가 등초하여 내려 왔다. 다시 정서하려고 했으나 병으로 인하여 마무리하지 못 했다. 수홍사미가 시자방에 있을 때 다도를 알고자 하여 정초하려 하였으나 역시 병이 나서 끝내지 못 하였다. 그래서 내가 선 하는 여가에 억지로 붓을 잡고 정서를 끝냈으니, 시작을 하면 끝을 낸다는 것이 어찌 군자들만이 할 수 있는 일이겠는가. 총림에는 혹 조주의 풍류가 있으나, 대부분 다도를 알지 못하므로 이렇게 베껴서 보이는 것이니 나로서는 외람된 일이다.

1830년[경인] 중춘에 휴암병선이 눈 내리는 창 앞 화로 옆에서 삼가 쓰다.

주해

주1 **跋文** '序文'에 대치되는 말로, 책이나 긴 글의 끝에 그 내용을 요약하거나 쓰게 된 사연 같은 것을 적는 글이다. 이즈음은 흔히 '후기'라고 하는 것과 비슷하나 같지는 않다.

주2 **戊子** 1828년 여름으로 초의가 칠불아원에 올라갔던 해이다. '雨

際'란 비가 내리는 시기를 말한다.

주3 **隨師方丈山** '隨師'에서 '師'는 일반적으로 스승인 玩虎倫佑(1758~1826) 스님으로 해석하지만, 윤우 스님의 입적이 1826년이므로 맞지 않다. 그래서 아마도 칠불암주나 선배 선승일 가능성이 많다. '方丈山'은 지리산의 異稱으로 頭流山과 함께 많이 쓰인다. 삼신산 중의 하나라고 생각해서 생긴 이름이다.

주4 **七佛啞[亞]院** 지리산 반야봉 동남쪽에 있는 지금의 칠불사다. 흔히 칠불암, 혹은 동국제일선원이라는 칠불선원을 말한다. 전하는 이야기는 수로왕의 일곱 아들을 장유화상이 데리고 들어가서 수도 성불한 절이라 한다. '啞'는 수도할 때 黙言으로 수행함에서 나온 것이고, '亞'는 온돌을 놓은 모양에서 나온 글자라는 주장이다.

주5 **謄抄** 원본에서 옮겨 베끼는 것을 말한다.

주6 **修洪沙彌** '修洪'은 당시 대흥사에 있던 어린 사미승이었고, 후에 추사의 기록에도 나오는 다승이기도 하다. '沙彌'는 출가하여 비구가 되기 전에 十戒를 받은 남자를 지칭한다. 또 沙彌戒를 받은 여자는 '沙彌尼'라 한다.

주7 **茶道** 여기선 차에 관한 일체의 내용을 뜻한다. 이를테면 찻잎을 따서 차를 만들어 끓여 마시는 일체에 관한 절차를 이른다. 곧 일본의 다도와 개념이 다르다.

주8 **正抄** 상고하여 바르게 초록한다는 뜻이다.

주9 **管城子** 붓을 의인화하여 부른 것이다. 管城公, 管城君, 管城侯라고도 부른다.

• 管城子無食肉相 孔方兄有絶文書 _ 黃庭堅

• 宣州諸葛氏素工管城子 自右軍以來 世其業 _ 蔡條(宋)

• 管城子有萬夫不當之勇 _ 徐謂(明)

주10 **君子** 여기선 유학자인 선비를 지칭한다.

주11 **叢林** 불가를 총칭한다. 많은 승려들이 수도하는 자연, 곧 사찰들이다.

주12 **趙州風** 조주가 차를 좋아했듯이 禪的 茶風을 이른다.

주13 **可畏** 자신을 낮추는 겸손한 뜻으로 쓴 것이다.

주14 **庚寅中春** 1830년 봄, 그러니 등초한 지 2년이 지나고서 끝냈다.

주15 **休菴病禪** 자신을 지칭한 말로, 병으로 인해 선 수행도 제대로 못하고 암자에서 쉬고 있는 암주인 자신을 표현한 것이다.

해설

끝으로 초의는 이 『다신전』이 쓰인 경위를 설명했다. 인간사 어느 것 하나인들 쉬운 것이 없겠지만, 이 글의 등초가 완성되기까지는 여러 곡절이 있었음을 알 수 있다. 그리고 후에 찻일에 관해 알려진 '修洪' 스님이 차와 연을 맺는 것도 참고할 일이다. 우리가 역사를 바르게 아는 데에 기록이 얼마나 중요한가를 다시 새기게 한다.

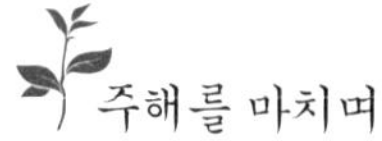

주해를 마치며

내가 이 다서 고전의 주해를 시작한 지도 벌써 10개성상이 훨씬 넘었다. 그리고 일차적으로 명대의 두 권 다서 [다소와 다록]을 주해하면서 그 첫 단계를 마무리 지으려 한다. 어려움 속에서도 10권의 책을 발간한 것은, 오래 전에나 자신이 차를 알고 싶어 가까이 하려고 한 때가 회상되어, 많은 사람들이 차를 제대로 알고 쉽게 즐길 수 있도록 하려는 마음에서 였다. 그러나 쉬운 일은 아니었다. 〈다록〉은 다서 중에 『다경』 다음으로 우리에게 친숙한 저술이다. 까닭은 초기에 이 저술이 초의의 것이라고 알려져서이고, 다음은 이 내용이 지금 우리가 많이 마시는 산차에 관한 것이기 때문이었다. 16세기 말이면 우리가 임진왜란을 겪고 있던 전란의 시기였다. 당시 중국의 차문화는 산차가 대세였고, 지금까지도 산차가 주로 애용되고 있다.

그래서 그 이전의 다서와 그 이후의 다서들의 내용도 참고가 될 것들은 인용하여 여러분의 이해에 도움을 주고자 노력했다. 그리고 인용된 대부분의 글도 번역해 두었다. 공부한 분들이 보면 지나친 친절같이 보이지만, 한문에 익숙하지 않는 이들은 한결 가까이 하기 쉬울 것이다.

이제 우리도 차학에 관한 기초가 날로 그 기반을 찾아가고 있으니, 이런 기초적인 저술이 많이 읽혀져서, 후대 차인들에게 큰 도움이 되었으면 한다. 잠시 눈을 감고 이것을 쓴 장원이 세상의 영욕을 멀리하고, 평생 차를 좋아한 자신의 노하우를 하나하나 기록하는 모습을 떠올리게 된다. 그리고 스님을 따라 옥부대에 올랐다가 거기 선승들이 차를 다루는 것에 실망한 초의가, 새로운 이 기록을 읽고 개안을 하던 장면을 연상해 본다. 아픈 몸을 이끌고 몇 차례의 시도 끝에 다 옮겨 적고, 이름을 『다신전』이라 했으니, 그 착안도 놀랍다.

이 한 권의 기록 속에 수 백 년 동안의 사람들의 삶과 애환이 서려 있다. 각각 시대는 다르지만 차를 사랑하고 즐기는 면에서는 공통된 인자를 가졌다. 그래서 우리는 지난날들의 사람들과 먼 훗날의 동호인들과 함께하지 않을 수 없다. 안타까운 것은 당시의 초의의 수적(手迹)으로 된 원본이 남아 있지 않다는 것이다. 여러분 중의 또 누군가 이런 저술을 남겨 후대들에게 불을 밝혀주길 기대하면서 붓을 놓는다.

이번에 나와 함께 이 작업에 참여한 신미경 박사의 노고와 어려운 여건에도 흔들림없이 출판에 임해준 '이른아침'의 김환기 사장께 깊은 고마움을 표한다.

2015년 봄

서산 류건집

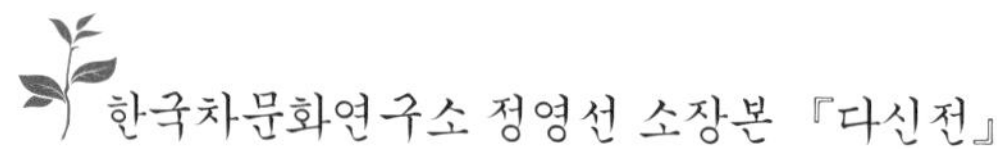

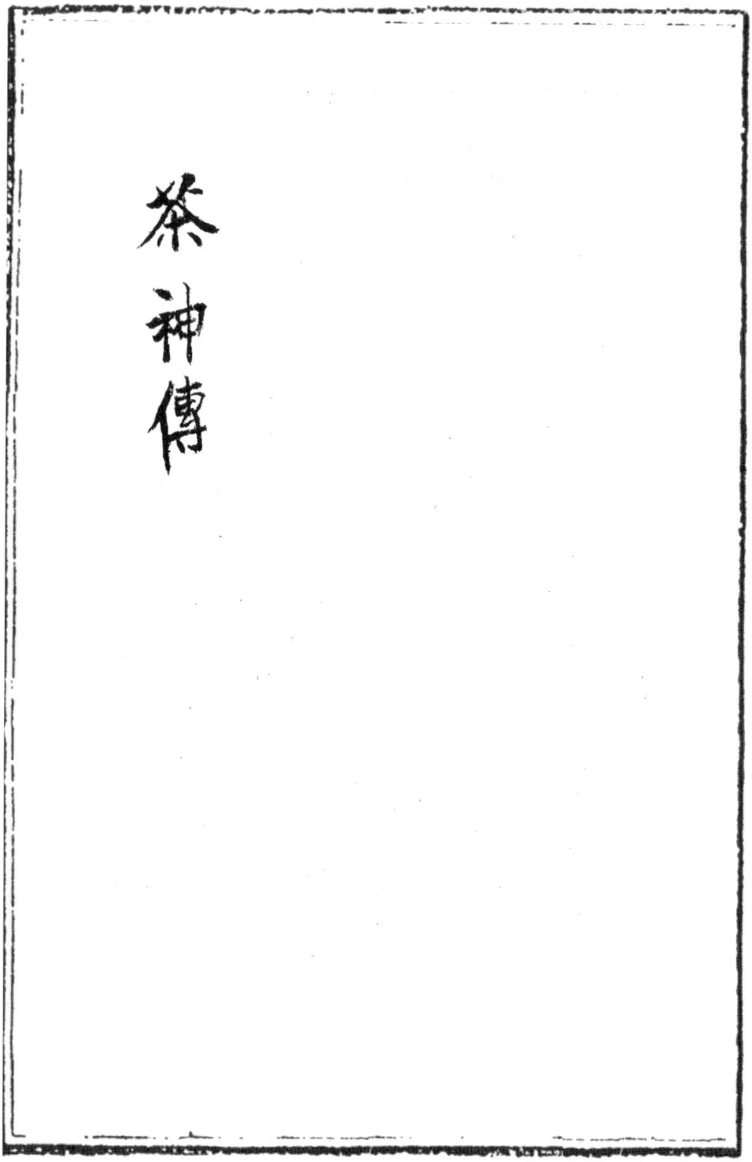

茶神傳

〈표지〉

採茶論

抄出萬寶全書

採茶之候貴及其時太早則香不全遲則神散以穀雨前五日爲上後五日次之再五日又次之茶非紫者爲上而皺者次之團葉者次之 光而如篠葉者最下徹夜無雲浥露采者爲上日中采者次之陰雨下不宜采產谷中者爲上竹林下者次之爛中石者又次之黃砂中又次之

〈1/10쪽〉

造茶

新採揀去老葉及梗碎屑鍋廣二尺四寸將茶一斤半焙之候鍋極熱始下茶急炒火下可緩待熱方退火徹入簁中輕團枷數遍復下鍋中漸漸減火焙乾爲度中有玄微難以言顯火候均停色香美玄微未究神味俱妙

辨茶

茶之妙在手始造之精藏之得法泡之得宜優劣定手始鍋清濁係水火火烈香清鍋寒神倦火猛生焦柴疎失翠久延則過熟早起卻边生熟則犯黃生則着黑順那則甘逆那則澁帶白點者無妨絶焦者最勝

〈2/10쪽〉

藏茶

造茶始乾先盛舊盒中外以紙封口過三日後其性復〻以微火焙極乾待冷貯壜中輕〻築實以箬襯緊將花筍箬及紙數重封紥壜口上以火煨磚冷定壓之置茶育中切勿臨風近火臨風易冷近火先黃

火候

烹茶旨要火候爲先爐火通紅茶瓢始上扇起要輕疾待有聲稍〻重疾斯文武之候也過於文則水性柔〻則爲茶降過於武則火性烈〻則茶爲水制皆不足於中和非烹家要旨也

湯辨

〈3/10쪽〉

湯有三大辨十五小辨一曰形辨二曰聲辨三曰氣
辨形爲内辨聲爲外辨氣爲捷辨如蠏眼蝦眼魚眼
連珠皆爲萌湯直如湧沸如騰波鼓浪水氣全消方
是純熟如初聲轉聲振聲驟聲皆爲萌湯直至無聲
方是純熟如氣一縷浮二縷三四縷亂不分氤氲亂
縷皆爲萌湯直至氣直冲貫方是純熟

湯用老嫩

蔡君謨湯用嫩而不用老盖因古人製茶造則必碾
碾則必磨磨則必羅則味爲飄塵飛粉矣於是和劑
印作龍團則見湯而茶神便浮此用嫩而不用老也
今時製茶不假羅碾全具元体此湯湏純熟元神始

〈4/10쪽〉

發也故曰湯湏五沸茶奏三奇

泡法

探湯純熟便取起先注少許壺中袪湯冷氣傾出然
後投茶葉多寡宜酌不可過中失正茶重則味苦香
沉水勝則色清味寡兩壺後又用冷水湯滌使壺凉潔
不則減茶香矣罐熟則茶神不健壺清水性當灵稍
候茶水冲和然後冷釃布飲釃不宜早飲不宜遲早
則茶神未發遲則妙馥先清

投茶

投茶行序毋失其宜先茶湯後曰下投湯半下茶復
以湯滿曰中投先湯後茶曰上投春秋中投夏上投

〈5/10쪽〉

冬下投

飲茶

飲茶以客少爲貴客衆則喧喧則雅趣乏矣獨啜曰神二客曰勝三四曰趣五六曰泛七八曰施

香

茶有真香有蘭香有清香有純香表裏如一曰純香不生不熟曰清香火候均停曰蘭香雨前神具曰真香更有含香漏香浮香間香此皆不正之氣

色

茶以清翠爲勝濤以藍白爲佳黃黑紅昏俱不入品雲濤爲上翠濤爲中黃濤爲下新泉活火煮茗玄工

〈6/10쪽〉

玉茗水壽當杯絶技

味

味以甘潤爲上苦滯爲下

點染失眞

茶自有眞香有眞色有眞味一經點染便失其眞如水中着鹹茶中着料碗中着菓皆失眞也

茶變不可用

茶始造則靑翠收藏不得其法一變至綠再變至黃三變至黑四變至白食之則寒胃其至瘠氣成積

品泉

茶者水之神水者茶之體非眞水莫顯其神非精茶

〈7/10쪽〉

莫窺其體山頂泉清而輕水下泉清而重石中泉清
而甘砂中泉清而冽土中泉淡而白流於黃石為佳
瀉出青石無用流動者愈於安靜負陰者真於陽真
原無味真水無香

井水不宜茶

茶經云山水上下井水最下矣第一方不近山卒無
泉水惟當春積梅雨其味甘和乃長養萬物之水雪
水雖清推感重陰寒入脾胃不宜多積

貯水

貯水甕須置陰庭中覆以紗帛使承星露之氣則英
靈不散神氣常存假令壓之以木石封以紙箬曝于

〈8/10쪽〉

日不則外耗散神内閑其氣水神弊矣飲茶惟貴夫
茶鮮水靈茶失其鮮水失其靈則與溝渠何異

茶具

桑苧翁煮茶用銀瓢謂過於奢侈後用磁器又不能
耐久卒歸於銀愚意銀者貯朱樓華屋若山茅齋舍
惟用錫瓢亦無損於色味也銅鉄忌之

茶盞

盞以雪白者爲上藍白者不損茶色次之

拭盞布

飲茶前後俱用細麻布拭盞其他物穢不堪用

茶衛

〈9/10쪽〉

造時精藏時燥泡時潔精燥茶道盡矣

戊子雨際隨師於方丈山七佛啞院謄抄下來更欲正書而因病未果修洪沙彌時在侍者房欲知茶道正抄亦病未終故禪餘强命管城子成終有始有終何獨君子爲之叢林或有趙州風而盡不知茶道故抄示可畏

庚寅中春休菴病禪雪窓擁炉謹書

同治甲戌中秋 鏡菴謄抄

〈9/10쪽〉

참고문헌

| 국내 단행본 |

강우석 譯解, 다신전, 옛선인차회 사회교육연구회, 2003

고세연, 고전다서, 미래문화사, 2002

교본실 저(박용구 역), 차의 기원을 찾아서, 경북대학교출판부, 2005

구환흥 저(남종진 역), 중국풍속기행, 프리미엄북스 2000

金斗萬 譯, 동다송 · 다신전, 태평양박물관, 1982

김대성, 동다송 · 다신전, 동아일보사, 2004

김동성 역, 장자, 을유문화사, 1963

김명배, 다도학논고, 대광문화사, 1999

김명배, 한국의 다서, 탐구당, 1993

김원중, 중국문화사, 을유문화사, 2003

남상해, 식경, 자유문고, 1995

동국역경원, 동다송 · 다신전, 동국대학교출판부, 2010

류건집, 다경, 이른아침, 2010

류건집, 다부주해, 이른아침, 2009

류건집, 동다송주해, 이른아침, 2009

류건집, 한국차문화사 상 · 하, 이른아침, 2007

불교신문사, 선사신론, 우리출판사, 1991
사마천 저(성원경 역), 사기열전 정해, 명문당, 1992
성백요 역, 논어집주, 전통문화연구회, 1991
송재소 외, 한국의 차문화 천년 1~5. 돌베개, 2009
안동림 역, 장자, 현암사, 2008
원오극근 저(조오련 역), 벽암록, 불교시대사, 2000
윤경혁, 차문화고전, 홍익제, 1999
윤경혁, 차문화연보, 홍익제, 2005
윤병상, 다도고전, 연세대학교출판부, 2007
이용욱, 중국도자사, 미진사, 1993
임종욱, 초의선집, 동문선, 1999
정민, 조선시대 차문화, 김영사, 2011
정상구, 다도사상과 다사, 한국문학사, 1982
鄭相九, 茶神傳 · 東茶頌 評譯, 詩文學社, 1983
정성본, 선의 역사와 사상, 불교시대사, 2000
정영선, 동다송, 너럭바위, 2002
조동원 외, 고려도경, 황소자리, 2005
차상원, 중국문학사, 동국문화사, 1960
차주환 역, 사서, 을유문화사, 1965
최범술, 한국의 다도, 보련각, 1973
최형주 · 이준영 역, 이아주소, 자유문고, 1998
호운익(장기근 옮김), 중국문학사, 문교부, 1961

효동원, 다향선미, 비봉출판사, 1986

| 중국 단행본 |

가사협, 제민요술교석, 중국농업출판사, 1998

강희자전, 상해한어대사전출판사, 2005

경홍, 명다장고, 백화문예출판사, 2004

고염, 준생팔전, 과학기술문헌출판사, 2000

곽맹량, 중국다사, 산서고적출판사, 2003

낙언경 외, 중국자사도록, 중국상업출판사, 2000

노화, 식물본초, 과학기술문헌출판사, 2000

담기양, 중국역사지리전집, 중국지도출판사, 1996

사준봉 외, 차문화여다구, 사천과학기술출판사, 2003

사해, 상해사서출판사, 1979

손홍승, 중국다업경제, 사회과학문헌출판사, 2001

심괄, 몽계필담, 길림촬영출판사, 2003

심괄, 몽계필담, 길림촬영출판사, 2004

양현지, 낙양가람기, 산동우의출판사, 2001

여매 · 첨호 편, 다엽지도, 상해원동출판사, 2002

엽우 편, 다도, 흑룡강인민출판사, 2002

완호경 외, 중국고대다엽전서, 절강촬영출판사, 1999

왕령, 중국차문화, 중화서점, 1998

요국곤 외, 중국고대다구, 상해문화출판사, 1998

욱명, 용정차, 호남과학기술출판사, 2004
유국은, 중국문학사, 북경인민문학출판사, 1994
유원장, 개옹다사, 조선총독부본, 1936
은위, 중국다사연의, 운남인민출판사, 2003
이방, 문원영화, 중화서국 영인, 1966
이조 찬, 당국사보, 상해고적출판사, 1979
장굉용, 다적역사, 다학문학출판사, 1987
장만방, 중국다사산론, 과학출판사, 1989
程作舟, 茶社便覽, 1920
주세영 외, 중국차문화대사전, 한어대사전출판사, 2002
중국고등급공로망, 서안지도출판사, 2005
중국농업백과전서[다업권], 농업출판사, 1988
중화인민공화국행정구획, 중국지도출판사, 1999
진문화, 중국차문화기초지식, 중국농업출판사, 2003
陣彬藩主編, 中國茶文化經典, 光明日報出版社, 1992
진연, 다업통사, 농업출판사, 1984
진조개 · 주자진, 중국다엽역사자료선집, 농업출판사, 1981
진종무 외, 중국다엽대사전, 중국경공업출판사, 2000
진종무, 중국다경, 상해문화출판사, 2002
창양경, 중국양생문화, 상해고적출판사, 2001
창양경, 중국양생문화, 상해고적출판사, 2001
천중납자, 다여선, 민족출판사, 2002

한악 찬, 사시찬요, 농업출판사, 1981

한어대사전, 한어대사전출판사, 2001

한어대자전, 호북사서출판사, 1996

허신, 설문해자, 중화서국, 1963

황순염, 송대다법연구, 운남대학출판사, 2002

황지근, 중화차문화, 절강대학출판사, 2001

| 일본 단행본 |

고교충언, 송시에 나타난 송대의 차문화, 동양문화연구소, 1991

고야실, 녹차의 사전, 시전서점, 2002

곡단소부, 다도의 역사, 담교사, 1999

다도고전전집 1~12권, 담교사, 1962

服部宇之吉 교정, 한문대계, 富山房, 1960

소전영일, 다도구의 세계 2권 고려다완, 담교사

소천후락, 차의 문화사, 문일총합출판사, 1980

실부양명, 다도구의 세계 1권 당물다완, 담교사

영서선사, 끽다양생기, 강담사학술문고, 2000

임옥진삼랑, 도록다도사, 담교사, 1980

촌정강언, 차의 문화사, 안파신서, 1979

편집부, 일본차의 사전, 성미당, 2003

편집부, 중국차의 사전, 성미당, 2002

포목조풍 편, 중국다서전집, 급고서원, 1987

茶錄 註解

초판 1쇄 인쇄 2015년 3월 23일
초판 1쇄 발행 2015년 3월 27일

지은이 류건집 · 신미경
펴낸이 김환기
펴낸곳 도서출판 이른아침

주 소 서울시 마포구 마포대로4다길 8(마포동) 경인빌딩 3층
전 화 02)3143-7995
팩 스 02)3143-7996
등 록 2003년 9월 30일 제 313-2003-00324호
이메일 booksorie@naver.com

ISBN 978-89-6745-044-1 94810
정가 23,000원